# 去爱吧，像从来没受过伤一样

沈熹微 作品

北京联合出版公司
Beijing United Publishing Co.,Ltd.

世界上只有一种真正的英雄主义，那就是在认清生活真相之后依然热爱生活。

——罗曼·罗兰

也有过那样静好的岁月，
相夫教子，
不知何谓人散，
何谓漂泊。

傍晚时分，她拎着木桶从澡堂出来，
坐在水管旁边搓衣服，
哗啦——白白的肥皂水倾倒在水沟里，
黑漆漆的沟子浸成青幽幽的颜色。

莉莉，亲爱的莉莉！

明明告诉我她还在寻找爱的时候，已经是四十岁的女人，有了三个不同父亲的小孩，没有丈夫，没有家。

当天夜里婶婶想起问纱巾的事，我撒谎说掉了，因为她不是我的妈妈，我心虚地哭了起来。哭啥呀，她说，明天婶儿再给你买一条。

叶师傅明年五十五岁，到了退休年纪，打算干到这年春节过后就回老家。

随母亲去火车站送走二姐，回来路上正是下班高峰，前方车流茫茫，我们挟裹其中……母亲忽然自语道：“她何尝愿意呢？她除了她自己，其余又有什么。”

玲花从来没跑得那么快过，风呼呼朝她眼耳口鼻灌着，她顾不上自己的行李，也顾不上行李里的钱，她连手机证件通通都不要了，她只要回家。

# 序

# 像一只抽屉

隔一段时间就会整理抽屉。不知为何，它总那样凌乱，塞满了各种名片、单据、写了字的纸片儿、装着过期药的瓶子、零钱硬币、打火机、中性笔……每次整理都有所丢弃。再将剩下的东西码得整整齐齐，努力让它们显出井然有序的样子。然而过不了两三天，杂乱之物便像野草一样疯长出来，建立好的秩序瞬间被打回原形。抽屉是神奇的场所，想找某个物件时永远遍寻不得，等将此事彻底抛诸脑后时，它又在不经意间跃然眼前。以至于我不禁想象，抽屉是有生命的活物，喜欢玩捉迷藏游戏。又或许它本身就是生命的缩影。我们的人生中，许多人事不请自来又悄无声息离去，有多少始终如一的守望，就有多少不告而别的消失。

是啊，这就是人生，试图清减却永远杂陈的人生。每一次回顾过往的过程，都像是整理抽屉。你骤然开启它，哗！好乱！将手探进尘埃中，捞起那些在记忆角落生了皱纹的容颜；你看到某处空空如也，冥思苦想有什么已经退出生命；然而你又立即被别的事物吸引，所有与之相关的时光，霎时像洪水一样汹涌而来。林林总总，琐碎之物彼此堆叠掩盖，或残破或簇新，无从清算。在这件事上，你永远无法很好地整理，因为那是我们活过的凭证。

上本书《在人群中消失的日子》像是把桌面上所有汤汤水水的狼藉收进抽屉，努力在狼狈中为自己和他人擦拭出一片静好的风景。而这一本恰恰相反，充满着往事锋利的碎片，其中有迷惘，更有痛苦和抱怨。它收集了生活中许多备感艰难和无奈的时刻，也收集了一些普通人并不恢宏的命运。他们平凡，近乎黯淡，甚至一生都不曾有过光芒闪现，但他们亦同样怀着对世界的爱和恨，努力地过着这一生。

书里的很多故事都是真实的，来源于我的家庭。我曾经百般纠结是否要将它们结集出版，因为很显然，掀开了被子的一角，露出里面的虱子，这不会是令人愉悦的事，对一个写作者来说更极富挑战。犹如将自己和亲人摆上解剖台，露出皮肤上的纹路、斑点和胎记，然后用手术刀划开皮肉，观察脏器并一一托出进行展示。我是怀着近乎冷酷的意志去做这件事的，认为非得如此，否则无法坚持。但慢慢地我发现，在面对灰暗的过程中，内心竟生出一种类似悲悯的泪意。我开始明白，个人的命运往往就是社会的命运，而家庭的悲剧常常映射着时代的悲剧，谁都不必争做卫道士，也谈不上伤害与受害。因为曾经饱受饥饿，她们不知疲惫地寻求，随波逐流地活着，随波逐流地死去。幸好这一切，因为时间细密地覆盖而显出柔和的光。人生在世，因缘聚散，谈何容易。

情之所至，也写了一些小时候的事、生病日常、和爸爸妈妈之间微小但幸福的时刻，我一度苦苦想要回避对疼痛的描述，然而后来知道，这是另一种不诚实。但愿呈现是一种整理，书写的过程就是放下的过程，但愿有一天，我们离开这个世界时，虽蹚过泥泞，却洁白如新。

2016 年 6 月

# 目录

## 第一辑　生为尘埃

## 第二辑　听风的日子

# 第一辑　生为尘埃

注：我成长在一个人口较多的大家庭，母亲有五个姐妹，父亲有四姐弟。在我眼中，他们就算不是最有故事的人，也是最方便“下手”的对象。有人在评价张爱玲的作品时，说“作家很难获得厚道的名声，不是忙着出卖自己，就是忙着出卖别人”。此言不虚，这次纪实尝试中，我只写了三个人，已感到面对和描述现实所需要的勇气远远超乎想象。我只能尽量不去修饰和美化，但同时，依旧无法坦然呈现那些更为深入、更难以直面的部分。所以这只是一些侧面和私人记忆。

除试探了写作的边界外，未承想另一方面，在这几篇文字之后，我慢慢咀嚼出过去没有思考到的东西。曾经戴着有色眼镜打量这些身边的人，对他们的生活方式抱有轻视甚至鄙夷的看法，甚至认定其是畸形的，少见的。可是在了解更多家庭背后的故事之后，我发现不独是谁走向了歧路，个人的命运往往等同于社会的命运，而一个家的悲哀常常正是那个时代的悲哀。当我试着以写作者的身份近距离了解他们，代入自己，一切似乎都能得到理解。

忽如木心先生所说，不知原谅什么，诚觉世事皆可原谅。

人生多苦，于是他们的软弱与恶，大多有了来处。

# 阿桂姨

“我这一生，就是不停在寻找爱，又不停失落。”

话是阿桂姨对我说的，这年冬天她五十岁。深夜里，阿桂姨喝多了几杯，我们一横一竖躺在沙发上，头顶六只脚的吊灯熄了三只，黑掉的灯罩口结着蛛丝网，网里兜了长年累月的灰尘。在这样的夜里，阿桂姨对我说起她漫长的大半生，那些曾经令我不解的、生活中偶然露出的端倪，以及家庭种种隐秘，像一张慢慢被揭开面纱的脸，逐渐露出饱经风霜的容颜。

阿桂是母亲的大姐，我的阿姨。

“从我记事起，到离开家去当知青的十几年，好像从没吃饱过。总是还想吃，非常想吃……”阿桂姨说。提起往事，她最深刻的记忆只有一个字，饿。和大多数出生在 20 世纪 50 年代的人一样，阿桂姨对贫困生活有着异常深刻的感受，尤其是在外公常年离家、外婆辗转于几个学校食堂打零工的日子里。她记忆中的童年，每天都要垫着板凳爬上灶台给幼小的妹妹们煮饭，趁外婆不在家从罐子里偷几粒花生，舍不得吃，藏了好久，可又担心被发现，不得不狼吞虎咽地咽下去，哽得嗓子眼生疼。

外婆年逾八十，阿桂姨和她的姐妹，也就是我的阿姨们，背地里谈起她来，仍旧是几个形容词：泼辣、厉害、心狠。阿桂姨说，那时候她们都怕外婆，外公可能也怕，所以常年在外做工不肯回家。分明是艰难岁月相依为命，可阿姨们谈起外婆时那种漠然甚至鄙薄的表情令我不明就里。她们对外婆的孝顺里似乎责任成分更多，情感上是疏远的，每每言至深处，便有摆摆手不说也罢的灰心。若多些时日近距离相处，难免吵得天翻地覆。我听不太懂她们吵架的内容，只感到那话与话之间意义颇深，藏着暗箭。吵完之后，都特别伤心。

“你外婆这个人不值得爱。”阿桂姨淡淡地说。

“难道因为外婆与外公关系破裂，她寻找了新感情，就产生这样大的仇恨？”我自小与外婆亲近，于是不解。

“新感情不是错，可她为什么要找一个比自己小二十岁的男人，让全城认识不认识我们的人都议论纷纷？那样的年代，我们全家人如过街老鼠，走到哪里都有人指指点点，真可谓满城风雨。”阿桂姨说。时隔多年，语气中仍含着创痛。

巨大的舆论压力和屈辱感使女儿们没有办法认可外婆所谓的新感情，阿桂姨自恃是家中长女，带头表示反对，然而外婆异常顽固，劝说无效，母女成了仇人。阿桂姨一气之下收拾包袱去附近农村插队，尽量少与外婆照面，因为两人不见则已，一见就掀起战争。等到后来，阿桂姨处了对象，有时回家迟些，外婆也会报仇似的等在门前破口大骂：烂娼妇，不要脸。

“外婆没有文化，知识的缺乏使得她处理事情过于偏激，我觉得这不是她的错，与时代本身也有关系。”我试图解释。

“也许吧。”阿桂姨眼神漠然。只深深记得1982年，她返城后随即嫁给一个铁匠的儿子，几乎把自己当作地摊上的处理品，“唯一的念头就是必须马上离开家，马上和自己的家庭脱离关系。”

“可你和姨父还是有感情的吧。”我说。虽然他们离婚多年，我还是不由自主地把阿桂姨的第一个丈夫叫作姨父。姨父五短身材，勤恳厚道；阿桂姨心灵手巧，很会持家。我的表哥在那样的家庭长大，我幼年的印象里，他们一家幸福得让人艳羡。

“太小了，其实不懂什么感情，只觉得他对我还不错，然后大家都开玩笑说让我们处对象，半推半就地就开始了。”

尽管有过快乐的时刻，但在阿桂姨的追忆里，这段婚姻显然没有满足她对爱情的想象。也许不是感情不够好，只是对当时的她来说，这关系是赖以逃避逼仄现实的场所，是生活逼迫下无可奈何投奔的选择，这才是减分的理由。阿桂姨年轻时是远近闻名的漂亮，个子高皮肤白，一等一的出挑人才，姨父虽可靠，阿桂姨却从来不觉得那是足以与自己匹配的爱情，更多的是恩。

小时候我喜欢去阿桂姨家里玩，尤其父母多年经商，作息不规律，经济状况也几起几落，我极艳羡阿桂姨家那种每天清早桌上有杯鲜牛奶的有序生活。阿桂姨会织很漂亮的毛衣，做得一手好菜，将家事打理得井井有条。他们的房子不大，两间卧室房门上挂着晶莹剔透的水晶门帘，房间里铺了格子图案的地板胶，阿桂姨将它拖得整洁发亮。平时门总是打开着，穿堂的风吹过，呼吸里满是洗衣粉水的清香气味。

也有过那样静好的岁月，相夫教子，不知何谓人散，何谓漂泊。

约莫十年前，惊闻姨父在外面有了女人，表哥彼时十六七岁，悄然长成了性格乖张暴戾的少年，我想和家庭的变故不无关系。那场离婚闹得沸沸扬扬，三番五次到了非常难看的地步。记忆中阿桂姨总是忍耐迁就，一是为了儿子，二是为经营多年的安稳。姨父的工作收入不错，可阿桂姨很早就从单位内退，离婚意味着经济没有保障。很多次她哭哭啼啼从市区赶回县城娘家，和我母亲在卧室悄声聊到半夜，然后隔天再委曲求全地回到自己濒临破碎的家。我开始讨厌姨父，为阿桂姨感到百般不值。

没想到先出轨的人是阿桂姨，如果不是这天夜里她对我提起。

结婚几年后，儿子已有两三岁，阿桂姨所在的单位有个风度翩翩的上司向她示好，虽然明知她有家庭，还是发起了相当猛烈的进攻。领导的家住得和他们很近，闲来时常串门，打着和姨父下棋喝酒的幌子，不时讨好阿桂姨，多番明示暗示。

“我有点害怕，但心里并不反感，可能女人都有莫名其妙的虚荣心吧，觉得在他这里我得到了前所未有的重视。”阿桂姨歪头想想，试图捋清思绪，道，“反正一开始不是那样，可等到有了实质的关系，就爱上了他。”

大大出乎意料。在我心中，阿桂姨是贤妻良母的不二榜样，暗暗断定姨父另寻新欢终将后悔不迭，他还能找得到比她更好的女人吗？后来阿桂姨在另一段感情里纠缠数年，找不到合适的方法相处，分分合合的戏码让旁观的人都厌倦，我也一直以为是不幸婚姻的后遗症。

“是的，后来才知道，什么叫‘一失足成千古恨’。”

“我们之间的第一次，是他约我去他同学家玩。你知道，我到了那里才发现根本没别人，他是故意的。我们进了房间，他忽然抱我，有点强迫，然后稀里糊涂就那样了……事后我哭了，很害怕，但很快迷恋上这种感觉。他经常骑摩托车带我出去玩，说很多好听的话，说要离婚和我结婚，我相信了。”

阿桂姨说到这里被我张成O形的嘴打断。我努力组织语言，却还是用最直接的问法：“你当时所迷恋的那种感觉，是指出轨带来的刺激？”

她说：“不不，是从来没有被一个人那么渴望过，也从来没有那么渴望过一个人。”

他们的关系维持得不久，真正出去约会的次数更是寥寥可数，现在想起来的也就三四次，但只要能跟他一起出去坐坐，或者经过他楼下，看着他家的灯亮着，心都是暖的。

“那时一想到他，哪怕听到别人提及他的名字，我的胃和小腿都会同时痉挛……”

这是阿桂姨的原话，也是这场漫长的追忆陈述里令我印象深刻的一句话。过分生动的记忆，使那时那人在经年之后依然历历在目。

我忽然愿意相信她的感情是真诚的，不符道德，却情有可原。这个十几岁起就与家庭决裂的女孩，下乡种地，和男青年挣一样的工分，努力靠双手养活自己；嫁给邻居的儿子，他老实却无趣，从来没有给予她被追求和被宠爱的快乐；她的婚姻是被命运的手推搡所致，如果没有遇上这个能说会道的“欺骗”了她感情的男人，也许会一生过着平淡如死水的日子，她亦将永远不知爱情是何物，不知它有多煎熬，也不会知道欲望有多凶猛，有多罪恶。

仿佛看到那个站在窗口苦苦观望着别人丈夫的年轻女人，她不知他何时再来，她那么渴望和他见面、和他独处，渴望到浑身发抖。美丽的面部线条因为沉浸于隐秘恋情而不时轻微地抽搐，两条修长洁白的腿在焦灼的欲望中时不时发颤，她感觉周身毛发都要被火焰熊熊燃烧起来。不，她已经熊熊燃烧。

她说，饿。

一个从身体到灵魂都极度饥荒的年代。从那年代走出来的人，几乎都带着同样的标记，他们缺失爱，需要爱，寻找爱，又惧怕爱，更不懂如何去爱。不期而遇的瞬间，犹如盛宴呈到饥饿的人面前，浮夸的颜色和形状刺激着处子般的味蕾，她恐慌，试探，欢喜，正欲饕餮，宴席却被撤离，只剩浅尝之后的胃，以及肆意蔓延的空虚。

这些桥段在现今的年代看来颇为狗血，阿桂姨还没说完，我已想到她和这个男人之间无非陌路收场。果然，很快他意识到她的狂热，开始躲避，是到手后的乏味，更可能是恐惧。他害怕那些情欲的火焰烧到自己的身上来，作为一个偷盗者，他闻到了灾难的气息。

“我们住得很近，可是他躲着我，我就真的没再见着他。后来我被调职，我想是他安排的。我恨他。”阿桂姨说。

也许阿桂姨自己都未料到，这段关系从开始到结束不过半年，对她的影响却刚刚开始。男人霸道的入侵和迅速的撤离，在她灵魂里挖下一个巨大的看不见底的深坑，此后漫漫一生，她都在为这个坑寻找填充物。

我说，姨父没有发现吗？她摇头。丈夫与她的关系如中国大多夫妻那样平淡疏离，他们绝少沟通，更谈不上亲密。这么多年后，我们同时忆起来，姨父最常相处的，是那些拆了又装、装了又拆的小机器。他爱好机器。

以为是一出正剧，谁知只是一场供人取乐的滑稽戏，有时想想，仍有被欺骗的屈辱挥之不去。她盼望又失望，终于不能不确定，对方是离她而去了。她咬牙切齿。阿桂姨重复说了一次，她恨那个男人。对他来说也许只是心血来潮的猎奇，却改变了她的生活轨迹。

“我的心再也回不到丈夫身边，我开始出去跳舞。”

很久之后我才懂得欣赏交谊舞，那种幽暗灯光下，身体与身体之间欲说还休的进退。曾跟在家中女人的身后，看她们在一个又一个舞场里成为男人们竞相邀约的对象，球形灯的五彩光斑旋转着映照在脸上，表情偶尔骄傲偶尔妩媚。我不喜欢。不知为何认定舞厅是蠢蠢欲动的危险场所，陌生男人形迹可疑，女人们的矜持都是姿态，像一件装扮的外套，总会卸下来。我提心吊胆地“监视”着他们跳舞，被幽暗空气中弥漫的荷尔蒙气息困扰得草木皆兵。

阿桂姨说有两三个男人都是在舞场里认识的。

她的新工作是在公司的俱乐部里做售票员，闲闲地守着一张桌子以及一沓粉红色纸头，纸头上面印了大大的“舞”字，两三元一张，要喝冷饮、吃口香糖则另外购买。我记得那种票，油墨新鲜的味道，草书的“舞”写得很潇洒，像女人在旋转中踮起的优美脚尖。

看得多了，阿桂姨也很会跳，并在一次全国舞蹈比赛中拿了业余组的三等奖。一米七的高挑个头和姣好的容貌气质使她在俱乐部里非常惹眼，夜场的音乐开始后，阿桂姨倚在门边看，身姿曼妙，自然会有单身男客过来邀她共舞。那段时间，她家回得迟，舞场散后通常已是午夜时分，与新认识的朋友散散步、吃吃消夜，青春期不曾享受过的自由和放肆蛊惑着她，撒野里还有另一层浑不懔——已经犯过错的人，无所谓再犯几次。

“有个北方人，现在想起来的确是对我很好，模样也高大帅气。他当时外派在我们那个城市工作，大约有三个月时间，每天都来跳舞，和我聊天，陪我吃东西，但从来没有其他要求。这个人本来打算留下来，后来知道我有家庭，并且知道我不可能放下家庭，就懂事地离开了。”

阿桂姨的话唤醒了我记忆里朦胧得接近梦境的部分，我问她，是不是有这样一件事：我曾在某个夜晚和她去过一间酒店房间，那里住着一个男人，他们坐在床上用普通话聊天，我在另一张床上吃零食，房间里灯光昏黄，可以遥控电视和灯的床头柜以及洗手间里的浴缸，令我充满好奇。

“是吗……可能吧，那时候你小，又听话，不该说的不会乱说，可能我不介意。再说，带着你也是给自己留了退路。”阿桂姨淡淡地说。容易想见，她约会时怀着的快乐和不安，虽然没有打算把事情做得彻底，却乐于试探，不甘心虚掷自己的魅力。

我素来是家中最懂得察言观色的小孩，不被防备地过早参与了大人们的日常生活。差不多同一时期，莉莉小姨和我同在阿桂姨家里玩，某次不小心推开阿桂姨的卧室房门，发现十几岁的莉莉手里拿着一截正在燃烧的烟。她抓着我的肩膀做了个嘘的手势：“不要对别人讲我抽烟哦。”我说：“好。”这个秘密保留多年。

莉莉是母亲最小的妹妹，比我年长十二岁。父母外出工作的日子里，她照顾我，为我做饭，送我上幼稚园，带我乘车到邻城的阿桂姨家度过长长短短的假日。我现在已经不太想得起那时莉莉是否已经正式辍学，只记得外婆再婚之后，莉莉跟着她在新家庭里过了一段，母女俩不知为什么闹得很不开心，常常争吵。不久，莉莉便离开故乡，南下打工。这些是后话。

我问阿桂姨为什么没有考虑跟那个北方男人走。在我极为有限的记忆里，知道那是个温柔有礼的人，印象中那天夜里他送我们出门，沿着喧闹的街走了很久，我识趣地跟在后面，他的手始终规规矩矩地插在裤兜里，没有不安分地揽到阿桂姨的身上。

“并没有真的想结束婚姻。”阿桂姨沉吟了一下，说，“而且那时你小姨在家里帮我照看你表哥，我担心她和你姨父……我怎么可能将自己的家拱手让人？”

我吓一跳，说：“不会吧？”

“不知道，这件事到现在我也不确定，但女人的直觉有时候很准。”阿桂姨顿了顿，又补充道，“我们闹离婚闹得很凶的那两年，你小姨做生意找他借一大笔钱，他借了，为什么？他一向节俭，我想不是平白无故的。他更不会是看在我的面子上。毕竟那时候他已经变了，有了别的女人。”

过去只觉阿桂姨和莉莉说话间透着一种既针锋相对又若有隐情的气场，以为那是姐妹成年之后都会有的疏远嫌隙，殊不知有这样的猜忌。

阿桂姨将心思重新放回家里。结束第一段婚外情后，其余的邂逅于她来说不过是对失恋的填补，为业已出离的灵魂寻找暂时的栖息。想想我的问题也相当愚蠢，有多少人会真的为婚外情寻求圆满的结果？他们贪图的，本就是脱离于围城外的“自由”，一旦离婚结合，无非是陷入另一段同样乏味的关系。

意识到自己的领土可能被侵犯后，阿桂姨不得不认真维护和丈夫的婚姻，她做的第一件事，是让莉莉离开。

“我花了很多心思在家里，又过了好几年，你表哥特别不争气，念书逃学，三天两头被老师请家长。可能这些使他爸对我们这个家庭不满意，再加上我的冷淡骄傲——我一向有些瞧不起他，不久后他在外面有了别的女人。你见过吧，那个女人？”

是的，我也见过姨父的女人。是个很温柔的、声音软糯的女人，姨父常常借傍晚外出锻炼的机会和她幽会。有一次阿桂姨带我偷偷尾随，看见他们在广场跳舞的人群中像地下工作者般亲密地接头。

又是跳舞，总是跳舞。每至黄昏，精心装扮过的中年妇女天鹅般伸直了脖子朝广场走去，那样郑重其事的步伐，神态抓得紧紧的，笑容也不例外，像赴性命攸关的约，唯恐松弛了，皱纹就裹挟着沧桑随岁月的尘沙扑簌簌掉下来。夜幕掩盖下，男人女人们像狩猎者一样眼睛透亮，他们寻找猎物，试图在一两支舞的时间里抵消掉对日常生活的所有厌倦。他们勾肩搭背，谈笑风生，极力表现出最潇洒的一面，或许有那么一瞬间，真将自己错当成电影里的风流角色。

同样是在跳舞的地方，阿桂遇见了她生命里的又一个男人。

“那时候我刚离婚，还没从家里搬出来，他对我真是好，你知道，好得不能再好。”

离婚不离家，好像是我们社会里一种不成文的传统。仅仅我所知道的就有好几对这样的夫妇，分明因感情破裂而办了离婚手续，可依然住在一起，同一间房，同一张床。阿桂姨离婚后，有很长时间还是和姨父住在一起，但两人已是各有各伴。他们的关系非常实际，阿桂姨依赖姨父提供的稳妥物质，姨父则习惯于多年以来阿桂姨的照料。更何况阿桂姨总忧心着，自己一旦从家里撤退，等于将儿子拱手让人。

夫妻感情没有了，再起争执，姨父会动手打人，不复早年的宽厚。

另一个男人的出现，像根稻草轻飘飘地落进阿桂姨死水般无望的生活，这个男人对她毫无要求。他只是一味表达了对她的欣赏和爱慕，他膜拜她，信仰她，恨不得将她的脚趾捧在怀里亲吻，他不需要她离开家庭做出任何牺牲，只需要纯粹的，爱情。

阿桂姨在广场跳舞时认识这个男人。高大，瘦削，有一点秃顶，衣着整洁。男人离婚多年，孩子跟着女方，在一间酒楼当保安队长，收入不高，但足以让他不时地对她献点小殷勤。初次见面，他给我带来很多零食，吉百利、怡口莲这样之于当时来说高档的糖果，让他的形象顿时变得有几分高大。还有一次，我们家生意失败潦倒，实在到了揭不开锅的地步，我和母亲用仅有的钱坐车去市区，从这个男人手里接过三百元，当然，是阿桂姨嘱托的。

老城阴暗的城门洞中，高个子男人急匆匆地走过来，摸出裤兜里准备好的钱递给我妈。我妈对他说，谢谢。他很不好意思，像是因为钱少而羞愧，掏出手帕不停擦着光溜溜的额头上渗出的汗水，反复地说着："没关系，小事情。"

因为这个，我对他始终留有一份感激。

阿桂姨和他在一起前，曾征求过母亲以及我的意见，我们唯一的希望就是对方要待她好。他确实是好，阿桂姨在他那里得到了结婚多年来从来不曾得到过的体贴和爱护，她可以做少女，可以撒娇任性，可以无理取闹……这正是对长期桎梏于婚姻中默默付出的主妇的最大诱惑。

男人很穷。在一起后，阿桂姨才发现他连一处像样的房子都没有，租住在江边潮湿的几欲垮塌的小阁楼上，上厕所要走到二十米开外的公厕。2005 年夏天，我一度高烧不退，在市医院住院治疗时，每天阿桂姨和他都会来送饭给我和妈妈，我因此很是感动。从市医院出院后，太过虚弱的我曾在他家里暂住过几日方便复诊，我记得那小小的一间房，开门正对着三江汇合处，若想洗澡，只能在房内用大盆坐着浇水。我在的那些天，他将床让给我和阿桂姨睡，自己则在门边打地铺，每天倒水擦地，毫无怨言。

谁能想到，阿桂姨与这个男人的十年却是最磕磕绊绊的十年。或许是贫贱夫妻百事哀，又或许是日久见人心，慢慢地，桂姨发现，男人有许多她不曾了解的问题，比如需要靠大量安眠药入睡，比如啰唆、小家子气。在儿子的请求下，阿桂姨中途两次离开男人，与姨父和好，都非常短暂。破镜重圆，总归裂痕还在，原先那份“夫妻”感情早已千疮百孔，两人都已走出很远。

阿桂姨说她不甘心前夫的良好经济收入落在别的女人手里，可是又舍不得眼前这个男人对她的百依百顺。我说鱼与熊掌怎么可能兼得。她点头称：“是，反而落到几面不是人。”

十年里，阿桂姨和娘家人关系亦不好。姊妹们对于她感情生活的几反几复，从热心渐渐到冷眼，外婆的态度更是鲜明。外婆曾质问阿桂姨：没有男人就活不下去吗？勾起少时记忆，免不了彼此刺伤一番。外婆年轻时为男人抛弃几个女儿，并没有因此获得美满的情感经历，半生孤独之后，她劝诫女儿不要走上自己的老路。外婆沉痛恳切，却很少想到，所谓因果流转。

那次阿桂姨决意要尽最大的努力重新修补业已破碎的家庭，她向男人提出分手，男人竟无耻地要阿桂姨赔偿他几万元做补偿，否则就死缠到底。阿桂姨真是气毒了，当下借了几万元扔给他，声称两人再无干系。

我总以为，闹到这样难看的收场，剧情该不会再有反转的可能了。谁知道不多久，男人又主动联系阿桂姨，说了几箩筐甜言蜜语。阿桂姨心软，加上姨父风流成性，眼见复合无望，只好顺水推舟，再次回到这个男人身边。

至此，我有点从心里瞧不起阿桂姨，认为在男人身边来来回回非常掉价。外婆说得对，既然一个人可以过得很好，何必委曲求全依赖男人。那时我不明白，倘若一再经历失望的折磨，人如风浪中的小舟，很容易便将伸手够到的悬崖当作风平浪静的岸，阿桂姨诚然贪恋许多，可怜人性本就如此软弱。

很多次，以为阿桂姨终于安定下来，生活中甚少完美可言，妥协和忍耐都是必须的。可是她总也停不下，隔三岔五电话打来汇报情况：又分手了，又和好了，再分手了，再和好了。慢慢地，我们习以为常，不再关心。

有一年爆发大规模战争，起因是阿桂姨让明明带着孩子去家中小住，那时阿桂姨又回到原来和姨父的家。

母亲的五姐妹里，明明排行老四，论离经叛道却是第一。

那天夜里我问阿桂姨，到底怎么想的，怎么会做出这样荒唐的事。

“我想着肥水不流外人田。明明带着孩子没有着落，我以为那会是个两全其美的办法。”阿桂姨深深低头，“我真是错了。”

明明去了后，阿桂姨竟从家里搬出来，原来她的算盘是将姨父和家交付给自己的妹妹。不多久，事情闹到很难堪的局面，姊妹反目，母女对骂，儿子也不能理解母亲的做法。我过去只在杂志上看见过这样的故事，却没想到发生在身边。

浪荡半生的明明，骤然被姐姐推到“姐夫”身边，以为从此结束流离浪荡的生活，幼小的儿子可以有个名义上的父亲，当她试图去接受这一切的时候，姐姐因为强烈的心理不平衡，反悔并打上门来，闹得无法收拾。

那段时期我不愿意听到关于她们的任何消息。

几年后，阿桂姨才肯承认这件事情是她做错，她终于彻底放弃了那个早已支离破碎的家，同时也离开了这个在舞场上认识的男人。最好的时光皆已被消耗殆尽。漫长的不可重返的生命旅程里，她甚至和这个男人辛苦凑钱买了套小小的一居室。2009年年初，我又在市里住院，阿桂姨和男人依然无微不至地照顾我，我们一起吃年夜饭，阿桂姨做了美味的扣肉和酥肉汤，她尚在厨房忙碌，男人和他的女儿已然开始旁若无人地吃吃喝喝。因为这不够体谅，我不自觉地有些刺痛，阿桂姨平常强装出一家之主的威严，细看之下经不起推敲。

就是这样，很多地方不尽如人意，人如蝼蚁，渺小悲哀，无非为了“你给你的孩子多少钱，我又给我的孩子多少钱”这样的问题吵得不可开交。可悲的是，他们的孩子早到了应该自力更生的年龄，却不知是不是因为没有幸福的家庭，而始终未能建立起健全独立的人格。

阿桂姨说，她的一生是失败的，和母亲关系不好，虽然成年后她恪尽孝道，母亲却似乎永远不满意；和姐妹们关系不好；和丈夫相处不洽；儿子亦教育得不成功……沉浸回忆，抽丝剥茧，犹如一场冷酷的自我解剖，阿桂姨长叹一声，精疲力竭地在沙发上躺下来。五十岁这年，阿桂姨单身，没有和任何男人在一起，她告诉我，她刚刚在婚介所登记了。

“一个人生活真的不行吗？”我小心地问她。

“总是觉得寂寞，想有个人可以说话，有个人可以依赖。”她说，“但我这一生，可能注定了不停在寻找爱，又不停失落。”

我说：“你们总说要寻找爱，可，爱到底是什么？”

阿桂姨、明姨、莉莉小姨，我母亲至亲至爱的姐妹们，这些年来，我目睹着她们一次次扑火，和欲望短兵相接，撞击得体无完肤，痛苦万状却执迷不悟。这种寻找，莫非是根植在她们的血液里，否则为何有着惊人相似的轨迹。

“不知道啊。”阿桂姨说，她疲累了。

是了，根本不知道之事物，不能辨别，如何寻找？如何能不盲目？我心里这样想着，有一丝丝了然过后的凄凉。

“我们家只有你妈妈不同，她读的书多，有知识。”最后的最后，阿桂姨又说。

不能确定这结论的正确性，与阿桂姨一番深谈之后，好多天时间里，我都在深思中难以自拔。后来又了解到另一些家庭背后的故事，发现她们这一代人的人生轨迹常有相似的曲折，或许是因为饥饿、动荡、贫穷，原来我以为的惊世骇俗、离经叛道，不过是人人被褥里都有的那一把虱子。有太多缺憾的童年，使她们无法成长为健康完整的自我，只得一次又一次把幸福和爱寄望于人，然后得来失望。因为遭受到背弃和伤害，注定在这条路上需要付出更多努力，经历更多周折迷失。与之而来的，是漫漫非议，是人心坚硬的不谅解，是对自己产生致命的怀疑和绝望，是某些冰冷的夜晚，整个世界决然地背过身去。

2011 年 2 月

## 补　记

这次谈话过后两三年，有朋友给阿桂姨介绍了一个男人，家在湖北某县城，很有些年纪了，不过勤劳一生，该是个可靠的老伴。

阿桂姨去湖北与他见面，不多久，两人结婚。

我的姨父从工厂退休前得过全国劳模嘉奖，退休后住在乡下的老房子，原来的妻子病逝之后，他独种着几亩土地。忽闻阿桂姨这样嫁了，我不能置信，她寻寻觅觅，最后竟过了面朝黄土背朝天的日子。我在电话里问她苦不苦，她说肯定辛苦咯，不过自己种出来的菜是真好吃，番茄酸甜，土豆很面，蔬菜该什么味就什么味。

种的菜吃不完，姨父便拿去附近厂区的食堂跟人换肉，当然他们自家也养着猪。有次阿桂姨说小猪病了，她以为没救，结果找兽医拿了药，又活了过来。

刚嫁过去的时候，周边的乡亲都来看热闹，眼见这女人又漂亮又洋气，比姨父年轻十几岁，看模样家务也精通得很，不是来骗婚的吧？！姨父得意得要命。

阿桂姨一生要强，样样不甘落于人后，她说："当农民我也会，我不能叫他们看扁了，你晓得不，我种地可厉害了！"

她乐在其中，我仍是担心，担心她被太阳晒坏了脸。她那么爱美。

"总不能在那里种到老吧？"我说。

终于阿桂姨带着姨父一起回来。这位姨父精精神神，不显土气，只是喝了点酒就犟得要命，语言又不是很通，经常为了点儿小事把阿桂姨急得气不打一处来。可酒醒了，他又像个孩子，缠着阿桂姨说些老土的情话，比如"我怕你不要我了"之类。我们做小辈的在一旁看着偷笑，兜兜转转，真是极般配的两个人，都有一颗年轻的心。

阿桂姨做菜，姨父打杂。潮湿温热的雨季，姨父每天清晨打早徒手爬山采菌子，阿桂姨骂他一把年纪还那么玩命，他只是憨憨地笑，第二天照常去。夜饭过后，姨父碗筷一丢，去广场上学人跳锅庄，同样风雨不误。阿桂姨洗好碗筷散步去接他，两人再散步回家。我问阿桂姨怎么不一同去跳舞，她说不想跳了，跳够了。

2015 年 5 月

# 莉莉，亲爱的莉莉

## 一

陪莉莉小姨在门厅整理行装。因为搭车需要转车，又不能在车站直接中转，为方便，她想将三件行李统成两件。最后不行。复又一件件将硬塞在箱子里的衣服扯回空掉一半的大型手提包里。

我说："你东西太多了。"

她说："嗯，不过全部家当都在这里，也不算多。"

一年四季的衣服，毛巾，夏天的毛巾被，两双鞋子。门厅里灯瓦数不高，暗暗的光聚在中间，莉莉小姨的行李就地躺着，翻肠倒肚，一面背后是美女图的塑料红框镜子斜斜地插在箱子的网兜里，还有几根贴了假钻的廉价发簪。她抓起一件冬衣说要扔，自言自语了一会儿，放回去，又提起另一条裤子说不要算了，可想想买的时候不便宜……一堆灰扑扑的旧衣服，挑来拣去啥都没少，反倒增加了我送给她的一条围巾、一件风衣、一件外套和一件衬衣。

我倚在门边："过去总是很想穿你的衣服，没想到现在你会穿我的。”

那时念中学，莉莉小姨从南方打工回来，她的编织袋放在我房间的角落，里面塞了时髦的微喇牛仔裤、泡泡纱T恤、杭州丝巾、蝙蝠袖毛衣，还有一件很前卫的针织衫，看起来像内外织反了的那种。那堆衣服就像莉莉少女时，在外婆院子里对着阳光清洗梳理的一头长发那样，蛊惑着我，只想快快成长到可以留长发的年纪，到能够穿她的衣服的年纪。

这些年我们见过几次，去年爸爸五十岁生日，家里人多，吵吵闹闹中未能和莉莉小姨说几句话。长久生病令我的个性变得沉闷，有时别人同我说话，耳朵里仿佛自动竖起了屏障，始终恍恍惚惚。转眼离开故土近十年，偶尔听说家中亲戚的近况，谁出远门工作，谁回了老家，谁卖掉了房子，谁添了新屋……莉莉小姨前年嗜赌，败掉自己辛苦挣下的全部积蓄以后，一直在南方小镇流离，做回厨子老本行，颠锅挥铲挣日子。前些天她骑摩托摔了一跤，左腿和左脸的皮肤摔得一塌糊涂，也不曾歇工，仍旧在厨房一脚垫了凳子勉强做菜，生活是手停口停。

她掀开裤腿给我看伤疤，又问我她的两只手有什么不同。我仔细看看，左手黑些，右手大些。她说因为热油烫过左手，当时骨头都裸露出来，而右手掌勺，总是要用力多些。

女人做这行不易。因而莉莉小姨在赌掉自己辛苦挣下的饭店、房子以及所有现金时，对家事不闻不问如我，也为那一铲一铲挥来的辛苦感到不值。

我们从前很好，幼年时候父母忙于工作，念初中的莉莉料理我的生活日常。彼时我念幼稚园，她天天很凶地要我快快穿衣服快快吃饭，否则她不等；放学后买鱼皮花生和我分食；假日里骑车带我出去玩，结果我摔了一跤去缝针，她骂我笨；小姨偷偷抽烟被我发现，叫我帮忙保密；她半夜冰凉的身子钻进我的被窝，手在我脖子处取暖……那时很好，却远去了。后来她结婚生子做生意，东南西北到处工作。我读书生病工作写作，上下左右寻觅求医，我们见的机会很少。

我倚在门边看她忙碌，说："你和以前很大不同。"

莉莉小姨略一抬头，问："哪里？"

我小心斟酌用词，道："以前你在我心里属于思想挺新潮，行动很积极的那种啊，现在发现你很传统。"

我们一起出去吃饭，她从来只吃川菜和粤菜，其余菜式一律不尝试，对套饭 20 余元的标价感到不可思议。经过商场的服装店，她拿起每件衣服，总因价格大吃一惊，连声说："这不是骗钱嘛……"好像她的时间早就不知道停在哪一年。

莉莉小姨认真地想，没发现我是说她土，道："我也觉得有一点呢。不过人总是会变的，我从前不护肤，现在也开始学，老了嘛，性格也柔和了。"

的确，在我记忆中的莉莉，是教我"在幼儿园挨揍如果不还手，回家还要挨打"的她，是为了外婆在菜市买菜被欺价就能冲过去打架的她，是会帮姐妹出头揍男朋友的她……莉莉小姨爱吃辣椒，每天要洗头，这点倒是没变，只是那头漆黑长发早剪到肩膀以上，染成脏兮兮的酒红色。

莉莉从手袋里摸出一张照片，是她儿子的。她看了就笑，说自己走哪里都会带着儿子的照片，心情不好就看看。说完郑重地将它卡进一本简易相册里，动作与笑容过分端正了，不免有些戏剧化。我仍在感慨："从来没想到你会变成现在这样，以为你永远都不会受束缚，天马行空随心所欲。"她强行退学，远走，闪婚，我都还记得。然而我也明白，时移世易，人慢慢会变不同。

表弟寄养在另一个阿姨家里，前两天打电话来交涉伙食费一事，电话结束，她又说儿子不乖。母子通话颇不愉快，表弟念初中，正是叛逆的时候。那夜她在客厅坐到半夜，抽掉大半包烟，大约是想起自己居无定所，颠沛流离种种。有日她提起想离婚，说有个新男友，妈妈打断她，冷冷地说："若是这个男人真对你好，就不会见你用一个一百多块的手机，穿些破破烂烂，都不给你置办。"

妈妈说得对，所谓的爱，就是行动，我们都过了被温言软语打动的年纪。莉莉小姨在饭桌上沉默下来，讪讪地不再继续往下说，一口一口喝啤酒。

在家里这几日，和往年一样，妈妈带我们出去吃饭买东西，莉莉就像妈妈的另一个孩子，心安理得地看着姐姐付账，她十几岁开始就跟着姐姐生活。私下里她试图和我聊自己的苦闷，然而我因为缺乏经验而似是而非的回答帮不了她任何忙，甚至连我自己都听不懂。因为工作忙碌，因为睡眠不好，还因为在恋爱，我陪她的时间非常少，没有耐心。

那天快凌晨了，莉莉小姨摸进我房间，问可不可以在我旁边睡，外面蚊子太多。我迷迷糊糊应声，知道她在我旁边躺下，身体却再不像从前那样贴过来，她小心地缩在一边，连被子都盖得很少，就像没有人似的。天亮时我起床，她也醒来，睡眼惺忪地询问我早餐想吃什么。我让她继续睡不用管，带上门的瞬间，看着床上蜷缩的人，曾经可以一觉睡到十二点雷都打不醒的她，睡姿霸道手脚乱放的她，何时换了这样容易惊醒的谨慎的睡姿，她自由自在的灵魂被眼前这副疲惫躯壳挤压到哪个角落去了。

我心里轻轻一丝扯痛：我们不再抒情了。

她去丽江觅工受挫，想着要回到先前离开的地方，要重新寻一份活计，要交儿子的伙食费学杂费，要继续烦恼离婚不离……心情惨淡。莉莉小姨说，我不要安慰，你们不要安慰我。我说，我不懂得如何安慰，没有想过要安慰。于是那几日，随她在家里厨房忙忙碌碌，随她看电视抽烟打电话喝酒，我极少过问。我下班回来只觉卧室清朗明净，她打扫过了，我察觉得出来独属于她的那一份利落和洁净。彼此都没说什么。

妈妈去打牌，莉莉小姨也去，坐一边当看客。傍晚回来做饭，见我仍在灯下看书写笔记，她站得远远冲我一笑，说："还是你的生活好，与世无争。"我点头，说："很多人都羡慕我呢。但你知道，有代价。"她点头，同意无论什么人都有自己需要承担的苦难。

仿佛只是片段，不连贯。两次她躺在沙发上，声音幽幽的，自语：“生活要怎么往下过。”好像有谁坐在她对面听她说。

无人答她。

她喜欢我的东西，皮带、修眉刀、衣服、饰品，我说你拿去吧，我很少用。说完又担心这种慷慨是一种刺伤。其实我并不富有，只是愿意给她。幸而她坦然受之，就像年少的我坦然受用她形态凶悍的温柔馈赠那样，没有太多客套推却，没有自尊心作祟。

坏掉了几只灯泡，她所在的角落恰好暗，她烦恼：“我快四十岁了，穿这件衣服胖吗？是不是不算很显老？”

我说：“你本来就不老，也从没觉得你胖。”

她瞪大眼睛强调：“我都四十了耶。”

我说：“没关系嘛，人都是要老的，早老早死早投生也好。”说完猛地噤声，她自杀过两三次，虽说现在该不会了，突念及此，周身凉透。

## 二

快到佛山分路的地方，妈给莉莉小姨拨通了电话。

“我快到广州了。”妈说，“你在哪里嘛？”

“从化？先前不是说在清远吗？”

“你要不要我们来看你嘛，要我们来，我们就不去佛山。不然我们等会儿就去佛山住。”

“嗯，那你把地址发到我手机上，我设导航。”

“话费？你连话费都充不起了？！”

几分钟后，一串地址发到我妈手机上，某某县某某镇某某村。我念出来，我妈摇摇头，说，不知道什么鬼地方。又说，你给她充一百元话费。

两个月以前，莉莉小姨经昆明回老家办理离婚，本来以为很繁杂的手续和必然会有的纠结，结果简单利落到五分钟搞定。她从前夫处拿到了一点少得可怜的钱，是两人过去将房子卖掉所得，大部分钱财在这几年的时间里输光殆尽，这一笔别人拖欠的尾款，除去还掉几份零碎的欠账，到手不过六七千。

莉莉小姨从家乡离开时在外婆处已“借”走一千。十几岁的孩子仍丢在姐姐家中，接近一米八的大男孩，差不多一年没见过父母，一见就是父母仳离。小姨未给儿子添置一件衣服一双鞋子，更不用说向姐姐支付一点寄养孩子的生活费。事实上她离开家乡前，没有人知道她在前夫处得了点钱，后来听说有这一回事，每每提起，我妈总咬牙说小姨太狠心，那钱虽不多，给孩子买几身衣服留点零花总可以，“但她只晓得拿去赌，拿去给男人”。

我妈骂人不留情面。莉莉小姨多少年来婚里婚外交往的男人，在她眼里没有一个正经可靠，全是苟且。上次她来家，一个一百多元的破烂手机，每隔两小时就必须充电。我妈说：“你男人咋不给你换个新手机？”小姨讪讪地，找了些有的没的借口。最后我妈去给她买了一个新的，叹道：“姐不是嫌贫爱富，但一个男人对你好，是要讲落在实处，口头说好不算的。”

时间已是下午五点。我们清晨从南宁出发，驱车近六百公里，终于在黄昏到来之前确定要去探望小姨。我妈讲电话的语气不好，我忍不住在旁边轻轻说，你不要太凶了，她也可怜。我妈说，我不对她凶哪个对她凶，我是她姐我都不说她，这个世界上就没人说她了。讲完却叹气，像负着千斤重似的。包包里准备给莉莉小姨的钱早已单独放好，我妈此行的目的，是想劝小姨回老家，随便谋点什么事情做，将儿子照顾好是正事。

想到将见莉莉小姨，难免牵扯到不太开心的话题，我跟我妈都沉默下来。自离开云南地界，天色不复高原的清朗，此时将近黄昏，更是视线模糊，可见之处尽是茂密植物，一丛一丛长得毫无章法，便说着“古时候这些地方很穷，是流放之地”等闲话，心中是漫漫无涯的苍茫。直到过了佛山下道处，近广州，四周才见开阔，大片建筑物昭示着人口密集经济繁荣，路面极是平坦，车子重新以一百三十公里的速度跑起来。

从花都分路，到从化，听着导航指示，渐渐接近莉莉小姨给的地点。不知是从哪个路口忽然转向了僻静的方向，导航提示某某乡道，仍旧继续往前。灰尘铺满的路上，两边是蓬头垢面的树木，树木背后是田地和房屋破旧的村庄。六七年前我第一次到佛山乡下去见朋友，依稀也是这样的光景。天快黑了，我们的小车子毫不知情地往前探路，偶有骑摩托车路过的人，无不扭头看着这辆云A牌照的车。

再拐角，蓦地闯进一个集市，两边有茶馆，有摩托车修理店，破破烂烂的士多店，一律用竹竿从屋檐支出红白蓝的塑胶棚。放学的孩子和游手好闲的年轻人在街边或抱臂观望，或结伴走过，我终于打破沉默，说："这是哪里哦，怎么比我们老家乡下还破。"

我妈心中有气："啥子鬼地方，她就愿意待！"

导航播报着，继续往里，要我们从一个逼仄的角度转弯。屏幕显示离目的地还有几公里，抱着或许穿过去就到了的侥幸，我们硬生生往几乎不可能的死角里走。勉强容得下一辆车经过的小道，万般艰难地进去，到尽头，再转，每一个角都似乎是死角，但总有点盼望支使着，直到车子在一处小石墩上狠狠磕了一下。我妈下车查看，拳头大小的凹口，心疼得要命。我的情绪亦败坏到了极致，这样的黄昏，不靠谱的导航，不知名的村落，陷在这进退不得的旮旯里，不知何去何从。

在外的旅途，每一日都像是与太阳赛跑，若是太阳落山前还无法落脚，便会生出茫然无依的惶恐，疲惫也会迅速放大。哪怕和最亲最信的人在一起都是一样。真的会害怕，黄昏是一种绝症，此刻正最大限度地引发着我的痛苦。当我们终于绕过那个夹角，以为到了正路其实却蹚入一条同样狭窄但四周变成茫茫田野的村路上时，暮色悄然四合，世界像一只亟待封闭的密码箱，我们和车子像少年派和他的救生船那样，漂泊在无垠中央。我难受得有点不能呼吸，不知道这算不算幽闭恐惧症的一种。

中途莉莉小姨打来两次电话，核对地名，一会儿错，一会儿对。我们好像走到一条人们常用于步行的捷径上，没有头绪，只得再往前驶，终于遇见一个做农活归来的男人，停车问路，确认是走错了。他也不是很确定正确的路应该怎么走，叫我们去集市上问问其他人。幸好不远处有个小小的丁字路口可供车子掉头，我们原路返回，小心翼翼地挪过方才受伤的曲折地带，在一棵黄桷树下见到几个抽烟聊天的中年男人，问了又问，又与小姨打电话核实，才按照他们说的路线驶过去。

我妈疼惜车子，因为我爸多年来一直是做与驾驶相关的职业，我们一家对车子都有很深的感情。看见车擦花受伤，比自己受伤还难受些。它俨然不像单纯的交通工具，而是忠诚的伙伴。

上了正路便快了，莉莉小姨打电话说他们也开车过来碰头，说是辆黑色皇冠。

我妈皱眉怒道："叫她不要把那个男人带来，带来做啥子？！"

我的心性像我妈，不相干的人，见了硌硬。又因陷在荒郊野地，有点莫名的害怕，我预先讲好："他要留我们吃饭我们不要吃，也不住在这里，我们去广州住。"这时爸打电话过来，听说我们到郊县找小姨，也如是叮嘱一番。

一辆皇冠擦身而过，在后方掉头，跟上我们的车子。又驶了几百米，见三岔口便停车。莉莉小姨与男人下车，我从后照镜看，一个典型的广东仔，黑瘦，矮小，颧骨高两颊凹。小姨跑来跟我打招呼，眼前的她黑了，壮了，穿紧身T恤和牛仔裤，头发仔细梳过，胸部很挺。我突然一阵难过，她像个常在田间干活的妇人，结实却暗淡，她过去是瘦削明亮的。

他们执意要留我们吃饭，并说家中已准备好菜只等下锅。我们不肯，只肯跟莉莉小姨说几句话就走。他们又说，不然去镇上找个地方吃饭，就在镇上的宾馆住，小姨极力强调那宾馆很干净很新，而且有电脑，她不久前才住过。我们还是不肯。

拿不定主意，小姨只好上我们的车。我妈取出钱给她，数落她这一阵过的什么日子。小姨没接茬，仍是近乎哀求道："姐，你跟我们回去吃饭嘛，你明天就走了他们又不认得你……你好歹去给我长一下脸。"说着她呵呵笑了笑，自我解嘲。

我妈听这话气不打一处来，劈头问道："长脸？！他是你什么人，我要去给你长脸。你们是准备要结婚还是要过一辈子？大家不过是将就凑合几天，走这些过场干啥？等有一天你找了个人安心要跟他过一辈子，我再表示不迟。"

莉莉小姨又没话了。我在副驾驶位坐着，气氛有些僵。

车子开到路口的一间饭馆门外，皇冠车停下，那个男人要进去点菜，我妈叫小姨去阻止，并且告诉他她今晚将随我们去广州住。这样执拗地要走，必定给人留下瞧不起人的印象，是为难小姨了，我想。不过我一向不随和，何况安全为重，我们又和那个人不熟。小姨再上车，我们往镇外驶去，她还在念叨那个宾馆真的不错，又干净又便宜……

我妈打断她，冷冷道："你明天回来日子怕是不好过。"

小姨："嗯？"

我妈说："你姐太不给面子，这样强留都留不住，你回去肯定挨骂了。”

小姨没吭声。

路上她们说了一些话，我妈问小姨，是不是被这个男人拿着软处，钱是不是都给他骗去花了，这种地方待着有什么意思？小姨一个劲地说没有，只说是自己不愿意回去，回去没有面子。我妈说，那你现在这样就有面子？你能在这里待一辈子？你的娃儿你不要了？

一连串的发问，莉莉小姨回答不了便长久地沉默着。我妈提及小姨的前夫，他前几天特地打电话来通知我们，说他找了个女朋友快结婚了。小姨哧地一笑：“结个球，他遭骗了。网上认识的，别个跟他说是富婆，他就信了，后来对方估计发现在他这里没什么可捞的，就摊牌走人。然后他又被老板炒鱿鱼，霉得痛。”

这话一说，半是滑稽，半是凄凉。我们短促地笑。我妈说：“难怪，就在想富婆哪里那么好找，富婆能瞧得上他，又没长相又没本事。”说着话头一转，“你们俩这些年，生意败了，房子没了，婚离了，连个孩子都供不上，现在倒好，养活自己都成问题。像你这种年龄的进厂多的是，之前你不是去厂里，后来咋没去了？”

“工厂活太难。人家只招四十岁以下的，我超了两年，进去尽看脸色。”莉莉小姨说。

“无非眼见之功，你锅铲都舞得好，还做不好女工？”我妈说。

“姐，你总当我还是年轻那会儿，以为我什么都能，我现在不像以前，我也没有那份自信了。”小姨说。

她们一支接一支抽烟，烟雾蹿出窗外，迅速被卷进夜色里。我尿急到膀胱胀痛，又过了好久，见到大路和灯光，终于进城。

恰逢广交会，城里车流量非常大，我在车上用手机订酒店，天河附近灯火斑斓，绕了几个圈圈都没有找到。中途外婆打电话来，告诉我哈尔滨有个因果学院，里面有个教授可以上天入地给人治病，叫我这趟出门顺道去东北。我跟她说不通，敷衍几句匆匆挂了。这一日行程已近千公里，情绪与体力直逼临界点，路边一幢大楼闯进视线，也顾不上多贵，便去停车入住。前台说标间八百一晚，本来四百，广交会涨价。我们咬牙点头，无可奈何地领受这当头一棍。

进房间坐了，就痛得再不能起来。她们去楼下吃饭，我留在房间休息。洗完澡才有少许精神，坐在窗前写日记，大概是太疲惫太难受了，无端趴在桌上呜呜地哭了一场。莉莉小姨中途送来点儿饭菜，然后下楼同我妈继续吃晚餐。我哭完写完吃完，吃药睡下，在药力作用下渐渐要入梦，她们这才回来，一身酒气，说说笑笑，怨怼尽释。

数十年来，我妈与她的姐妹们一直如此，爱之深恨之切，她们的情感如此强烈，以至于常伤害到对方和自己。我过去不明白，不欣赏，每逢她们相聚的场合，我总避之不及——怕某种无形的兵器会戳伤自己。然而这就是在小城镇里生长起来的血缘关系，因为环境狭小，成长过程中彼此生活关联紧密，使得她们的人生过分深刻地相互嵌入。我常感觉自己身后的大家庭是一部笨重陈旧的机器，上一代人作为必不可少的齿轮存在其中，哪一个出了问题都会引发全局的灾难。因此她们插手彼此的生活，看似多管闲事，实际只是遵循着一种古老的秩序。相比我所熟知的独善其身，这种活法无疑需要更热烈的情感和坚韧的灵魂。

那夜直到我睡去，她们还在有一搭无一搭地聊天，我独自霸占一张床，她们两个胖子睡另一张。半夜起来去洗手间，见她们面对面睡着，手臂搭在对方的腰上，像年轻时候亲密无间的样子。

次日上午，去附近的建国饭店楼上喝早茶。对一堆精致但不够亲切的点心品头论足，三个人都浮肿着脸。吃完早茶回酒店取车，路过一幢外墙哗哗流水的大厦，我妈忽然高声叫起来，哇，瀑布，好美！近处花台上不知名的小紫花开得无忧无惧，我给她俩拍了张照片，蓝天下，高楼间，瀑布墙，发福的两姐妹。

我妈再次劝说小姨，放开眼下一切决断回家，没再说重话。我去不远处的美心西饼买路上吃的点心，她俩坐在路边的石头上又抽了一根烟。那天天气很好，早间上班的高峰期已经过去，经过的公车上有很多空位，路面洁净宽敞，整个城市都是新的、洁净的，叫人不能不充满希望。

在酒店门口，我妈将剩下的大半包烟给了小姨，路那边正好有一辆空车，小姨说了再见，小跑过去。时间接近正午，阳光开始有些刺眼，我朝着一片光斑挥了挥手，无法看清小姨的身影。

## 三

那日分别时以为事情已讲好，过后莉莉小姨仍旧不愿回故乡。次年春天，她在清远该男友家里服下除草剂，进医院抢救，所幸有惊无险。

我再见到她时，她苦笑，说死了一次。

在家人的帮助下，小姨终究重回故土立足，在二姨的饭馆里做事。她们还是吵吵闹闹，有时彼此怨恨，有时彼此感激。又过一年，小姨突然病倒，去医院检查，发现子宫里长了几个瘤，不知良性恶性。

得到消息时，我和母亲正在四川老家，母亲开着车，电话挂线，她皱眉说："她生病了，哪来的钱治？又变成我们三个姐姐的事。"想一想，又说，"这么多年你生病，前两个月你差点死了，谁又管过我们？"

我没说话，知道母亲不过是嘴硬心软，发发牢骚而已。

她们之间，我早见惯不惊。

大家为莉莉小姨筹措了检查和治病的费用，她怕得厉害，哭了好多次。临去外地大医院前，我与她告别，说，不要哭，因为哭没有用。她点点头，似懂非懂。

等待结果的那几天，我脑子里总盘旋着关于莉莉小姨的这些年，想想，竟只有叹息。她昔年的叛逆果敢，如今的无助软弱，她的自私冷漠，以及幽怨自怜，这从出生起就被写下预言的故事，历经青春期种种创痛，有一日，要从头讲起。

又及，她平安。

2013 年初稿

2015 年修改

# 明　明

有一年我曾经等待过她分娩。

县城里某间简陋诊所硬邦邦的长椅，玻璃柜台面上撒落着疑似中药的粉末，几只苍蝇在上面飞飞停停。黑黑的店堂里好一会儿没有声音，我屏住呼吸。是夏天，被脏兮兮的门帘隔开的我，只能百无聊赖地望着诊所门口的地面上此消彼长的阴影和阳光发呆。

和电视里的情节不同，没听见她发出多么难以忍耐的声音，孩子就降生了。9斤重的男孩，那么大，像一块巨石从身体内部剥落。她无事人般抱着草草清洗过的婴儿上了一辆三轮。我尾随着她，问："姨，你不觉得疼吗？"她说："不很疼，只是流了很多血。"

那是她的第一个孩子。

我在出租屋陪她住过几日。靠近郊区的一处院落里的租屋，一间房隔出过道做厨房，里间放两张木床，虽是夏天，低矮背阴的平房不十分热。白天我们躺在两张床上摇着蒲扇聊天，婴儿在旁边的襁褓里发出含糊的哭声。她没有什么奶水，便将牛奶或糖水在小瓢里化开，摇温了灌到奶瓶里给他喝，自己用厨房里仅有的一口小锅，随便做一点什么东西吃。

那年她三十出头。大家一致觉得，到了应该要个孩子，安定下来的时候。前几天我想起来问母亲，她是多久离开家的？母亲想了想，说，十三四岁吧，反正很早就出去混了。

这个“她”，是母亲的大妹，明明。

如何描写她，一度是我所存有的最大野心。曾试图用各种词语去捕捉、定格、描绘她不羁的少女时代、迷幻的年轻岁月，以及落魄浪荡的中年，却始终很难找出准确的形容词。

母亲说，彼时外婆随相好的男人去别的城市生活，身边带着小女儿莉莉。大姐和二姐在这期间相继工作离家，很多时候只有排行老三的她和老四明明两人相依为命。“缸里仅有一点点米，没有油，没有钱。”外婆一去多则上月，少也十来天，正在上初中的母亲被要好的女同学接济，经常邀她去家里吃饭，“猪油拌饭好吃，直接吃一勺猪油也很香。”明明此时已辍学，不得不整日在外游荡，为填饱肚子，和地痞流氓混在一起学会了偷偷摸摸的勾当。明明年轻时白皙可爱，美丽的女孩子在外流浪，很容易就有了浪荡的名声。

人从一种生活步入另一种生活，可能仅仅就是一步而已。

不久前的一天，明明喝多了，想拉着我说话，我问她说什么呢，她说讲讲自己这一生。不知怎的，我竟因为莫名的胆怯和隐隐的嫌弃拒绝了。

母亲在乡下教书，经人介绍认识了当时在贵州当兵，回家探亲的父亲，两人见过之后用书信谈了一阵远距离恋爱，后父亲结束五年部队生活退伍回家，是年初夏，他们完婚。父亲二十四岁，母亲十九岁。

父母婚后很快生下我，我们住在外婆老房子的阁楼上。幼年我曾跟着外婆去过她新组建的家庭，不记得那个被我叫作外公的男人的模样，只是听母亲回忆起来，那个人软弱但残暴，发起火来对外婆拳脚相加，他毒打过时年只有十几岁的小姨莉莉，却独独很疼爱我。说来奇怪，我一向记忆力很好，关于这个人，几乎一点痕迹都没有了。又过几年，父母设法买了房子，我们搬出了外婆的阁楼。

明明很少回外婆家，在我的幼年记忆中，她是个顶顶神秘的人物，从未有过鲜明的出场。她十七八岁时出门打工认识了一个海南男人，随他去了三亚，后来回家，又把中学毕业不愿意继续念书的莉莉接出去。旧照片里有两帧是她们在大足的一尊石刻卧佛前的留影，莉莉穿着水红色带黑点的棉短袖，宽宽的塑料压发条把头发管理得服服帖帖，露出有些土气的大额头，她还没有学会化妆。而明明，齐肩卷发的明明，一条丝巾蕾丝包边的发箍随意地敛着头发，修长的眉，漆黑的眼，明艳的红唇。她穿的那种裙子，是近些年颇为流行的欧根纱收腰蓬蓬裙款式，里层的宝蓝色面料从黑色钩花表层透出光来，那气派，就像电视上的归国华侨。

我一直从照片上认识明明。直到有天半夜，她从别处回来，提着一口惹眼的小黑箱，敲开我家的门。那年代流行的皮箱很薄，带有密码锁，严丝密缝，激起我无限的好奇心。明明在家的日子，我想方设法地用各种东西试图撬开她的皮箱，然而都不得法，百爪挠心。明明的时髦装束、浓烈香水、网状丝袜，以及薄纱透明内裤也挠着我，我第一次意识到一种陌生危险的诱惑，它代表的意义是：外面的世界。

明明是我们县城里最先染发、最先烫爆炸式的那批人，爆炸式前她一头漂亮的齐耳发，仿的是风靡一时的电视剧《陈真》里秀芝小姐的发型。另外几张旧照里，她和朋友在海边白色别墅，清一水的俊男靓女，或懒洋洋倚在落地窗前的沙发上，或在外面整齐的草坪上追逐，或华灯初上时在海边赤脚拎着鞋走路。短发的明明实在很好看，配上白色运动衫，健康靓丽。

照片里那些人，或许就是家人所说的狐朋狗友。可我只觉得他们那么年轻，那么美丽，比挂历上的人还洋气许多。懵懵懂懂的年纪里，我经常偷偷拿出这几张照片来看，想着其间的遥远和优雅、曼妙与惬意，或许是我也可以抵达的，于是生出许多遐想。

看明明化妆，很慢，很仔细。擦一层乳霜，然后扑粉，然后细细描眉，涂睫毛膏，在鼻梁上用手指抹上白色的高光，同样手指来擦眼影，掌心晕开腮红，最后是嘴唇徐徐张合。我看得太认真，以至于嘴巴跟着做同样的动作，被她发现了，温柔地笑我。

除了海南男人，明明还交过很多男朋友，数量太过庞大。多年以后，我相信她自己也很难记得清他们的出场顺序。必须承认，记忆是会随着时间离我们渐渐远去的，除了用文字记录，我找不到任何可以挽救湮灭的方式。

印象稍微深刻的是几个容貌出众的英俊小生，在明明很年轻时曾苦苦等待她，却被她若即若离，反反复复，分了合，合了分。其中一个做服装生意的男孩，为讨好明明，送过我两条美丽的公主裙。我们在夏天去那个男孩所在的县城玩耍，傍晚到长江边玩水，我从岩石上滑落江里，险些出了意外。那小城的炎热和杂乱街景七零八落地塞在我的记忆深处，又有个模糊得如梦境般的画面，明明带我去一处堆满杂物的阁楼，阁楼里悬挂的灯泡不知是裹了一层红纸还是刷了红漆，点亮时将房间氤氲得很不真实。她和一个年轻男人在那里约会，然后又吵架，我在一边吃零食。她忽然从床上跳起来穿衣服，拉着我从狭窄的楼梯离开，下楼的时候，明明桃红色短裙一角还未拉平，露出了黑色透明的内裤。

我不知道这个男人和送我裙子的叔叔是不是同一个人。

一直没能撬开明明的箱子，她住在我们家里长长短短的时间里，总是白天睡觉，晚上出门。有时夜深，楼下醉汉叫她的名字，母亲会在阳台上非常泼辣地吼过去。那时候外婆不让明明进门，见面就吵，没完没了地互相攻击。不久后母亲也不愿意让明明进门了，她便睡在顶楼，半夜里从狭窄的阳台翻到家里来，在厨房找到半盆吃剩的冷饭端去天台吃。天台上有一张破破烂烂的沙发，是从前住在楼上的这家人扔掉的，明明睡在里面，地上散着抠得精光的饭盆和七歪八倒的酒瓶子。

她突然来，又突然走。有时南下，有时北上，有时我也不知道是去哪里。来时拎的那只箱子，走时原样带着。我完全弄不清明明的衣服可以放在什么地方，还有她的鞋子，她的一切生活用品。或许有别的行囊，只是那不实用却惹眼的箱子始终那么顽固地跟在她身边，像一个供着信仰的神龛，装着我少年时无尽的揣测。

不了解为什么一个人愿意把自己的生活过得这么糟糕，这么狼狈，为什么总是在不同的男人身边换来换去，从来不珍惜自己。终于有一次我问明明，她说，因为需要爱，因为一直都在寻找爱。

我记得自己冷笑了。

明明告诉我她还在寻找爱的时候，已经是四十岁的女人，有了三个不同父亲的小孩，没有丈夫，没有家。其中一个孩子被男人的家人带走，她很久没有见过这个孩子，孩子大约也不知道自己有这个母亲。想来这又是另一场五味杂陈人生的伏笔，他的生命脉络会如何延展，我们不得而知。眼前的明明早已失去年轻美好的容貌，看着她因经年酗酒猩红的眼睛，肥胖四散肤色暗淡的肉体，她说，还是在寻找爱。那一刻我有点想笑，又觉悲哀。忽地想起多年前，明明歇斯底里地摔烂那只不离身的黑箱子，我失望地发现，从里面飞出来的，不过是几个笔记本、一些票据、一些单薄的信。

红色绸面的笔记本我偷偷翻过，好多页没有字，然后一些脱落的页面，明明潦草地写着“想念你”“你在哪里，几月几日，我又在何处”，等等。那时她真是年轻，会保留着信、车票、酒店开房的单据，将其视作某种珍贵的凭证。但她爱的人是谁，或者说她爱过多少人，已是永远尘封在那些泛黄的笔迹里了。

我仿佛看见明明不停下坠，同时将她所拥有的东西飞快地抛撒向空中。青春，爱情，美貌，四散殆尽。她有一种濒死的炫目。她频繁地恋爱，频繁地和狐朋狗友们一起，夜夜笙歌，出没在小城乌七八糟的阴暗巷道。她喝醉了，随时躺倒在任何一条街，像只被丢弃的狗随地小便，有时还尿在别人的背上，次日醒来再若无其事地打扮自己。这样的事在小城里很容易传播，也很容易被忘却。明明的荒唐行径像天明之前被清洁工打扫的地面，一次次在人们的记忆中被烦琐生活扫除，只是年深日久之后，她也如那些本就脆薄的水泥地，布满油渍、刮伤，凹凸不平，一眼可知历尽沧桑。

有一年明明结婚了，男方是小城里另一个浪子，本以为两人都能“回头是岸”，可是婚姻只维持了一年，以男人劈腿作为结束。那天清晨，几个阿姨在我家打通宵麻将，她们掐准了点儿，趁天色未亮冲到明明家里，将那对正睡得昏天暗地的赤条条的男女打得跪地求饶。捉奸小队将二人扭送到派出所，不久后昂首阔步地回来，她们重新描述了过程，久久地沉浸在愤怒和亢奋中，年少的我感觉新鲜刺激，并不觉得是一件遗憾的事。

离婚后明明再度远走，去了山东，这次她做了一个男人的情人。那年暑假我也去山东玩，在她开的小餐馆里见过那个风度翩翩的中年男子，据说妻子久病在床，他自己在银行上班，喜欢明明，承诺会一直照顾她，对她好。开店铺的钱是男人出的，他常常带着朋友来光顾，加上明明做菜手艺不错，饭店生意一度兴隆。我对那个男人印象非常好，因其清洁礼貌，极有修养，远远出离于明明一贯的交友范围，我甚至暗忖，她配不上他。那两年，全家人由衷希望明明能够和他“长久”下去，她已经三十岁，看来不能指望有多么好的前途了，跟着他，至少衣食无忧。

他们分手，因为男人撞见明明和他的朋友在一起。那个朋友，是男人带去明明的餐馆吃饭，她才认识的。

明明灰头土脸回了老家，外婆骂她：你就那么贱，那么耐不住寂寞？

明明抽了口烟，神情淡漠地说：“就是，我等不了。”意思是等不了对方老婆过世。

我试图去理解她在男人没有来的日子，如何胡思乱想，如何难熬时光。但到底不能原谅——少时的我和所有青春期有精神洁癖的女孩一样，鄙薄情欲，赞赏节制。我冷漠地想，明明咎由自取。可气的是，她看上去一点都不后悔，照常在街边茶馆打麻将，喝浓茶，笑起来声音沙哑，拈麻将牌的手指涂了红红的指甲油，指节细细长长。不久听说明明又和一个刚从监狱里出来的男人鬼混在一起，外婆那时恨她到极点，走路都绕着对方。我却无意碰见过他们一次，那男人拄着拐杖在旁边看明明打牌，脸上有种平静得叫人心里发毛的凶狠。

其后明明得到一次做生意的机会，缺少本钱，她打电话去找山东男人“借”，对方念着旧情施以援手。两人约定再见，以为会重修旧好，但明明在去往山东的火车上，中途随另一个男人下了车。

兽的特质。

明明一生有许多能过上“正常日子”的机会，她遇到不止一块浮木。然而饥饿，她像一只很饥饿的野兽，永远慌张地捡过就近的食物就啃，哪怕前方五米处有另一份较为妥帖的，她也等不了。我猜明明是不是每一次都真心实意地相信，眼前人就是最后的人，可惜她低估了自己的消化功能。太饿了，没有人可以给她那么多，她离开一个又一个男人。

第一个孩子的父亲，是明明在南方打工时认识的混混，比她小十岁。怀孕时家里人有过很多次讨论，该不该要，能不能要。一方面希望她借此安定下来；另一方面，因为做过流产的次数不少，也许再不要就没有机会了。

男孩出生后不久，他的混混父亲再没出现过。明明带着婴儿，姐妹家里住一段，外婆家里住一段。牙牙学语的时候，我们问他："嘿，小孩，你爸爸呢？"不知谁教他说：死了。

男孩大点，被寄养在一个专门替人看管小孩的老阿姨家，明明说好出外做工挣钱交生活费，但一去不回。那个老阿姨每次在路上碰到外婆，都会苦着脸问："明明呢？"孩子要吃，要穿，多多少少总要给点。外婆退休工资微薄，只能时不时地买些吃食和衣服去给外孙。她想将孩子要过来，又下不了决心，担心一养起来就没完没了，她老了，自顾不暇。带孩子的老阿姨也不愿意退工了事，怕大半年的辛苦就这么泡汤。彼此为难地僵持了一段时间，外婆终于还是把男孩带回了家。

外婆带外孙，日子越发省俭，外加几个较大的女儿偶有接济，"大人过一天，孩子总要过一天。"此时明明在南方某城莉莉开的饭馆里帮忙，幸好，她手脚依然麻利——只要肯劳动，总不愁带不大一个孩子。

每一次明明重新走上生活的正轨，无疑令人欣慰，我亲爱的家人们都深信，她一定是醒转了，不会再犯浑了。可因种种前事，这欣慰中无法不带着隐忧和忐忑。果然，那年冬天最冷的时候，莉莉打电话回来，说明明病了，脚肿得厉害。母亲怀疑地问，不会是怀孕了吧？没想到过了不多久，明明抱着一个小女孩，硬说是捡的。

女孩的父亲在那附近的工厂打工，对明明还行——每个月能拿上几百一千的生活费，隔三岔五去过夜，与她喝酒、吵闹，有时也争打，算过日子。明明好像患着一种不定期发作的病，眼看着涣散起来。她又开始夜里喝酒，白天睡到午时才起，有时候莉莉去出租屋叫她该到店里干活了，发现她像死猪一样瘫在床上，小女孩已经醒来，脸上有干涸的泪痕，时不时抽噎，嘤嘤地哭上几声。床上有呕吐物，有小孩粪便，还有裹成一堆看不出颜色的旧衣。莉莉气极了，上去几个耳光将她打醒。

我常想，明明也许会突然死去，死在那堆垃圾中间，她的生命充满腐败气味，她所住过的每个房间，最后都散发着不明意义的恶臭。她好像早已死去多年了。

大约第二年冬天，第三个孩子也来了。这次大家不再惊讶，也不再吃痛，只恨恨地说："她生孩子倒很能耐，不如专门生孩子卖。"漂亮的男孩，取名家树，生后不久被其父家人抱去，很少有机会见着。我不大在明明那里听见关于家树的事，有时说起来，问："你不想他吗？"她嘴角斜挂着半支烟，淡淡地道："想啊，有什么办法。"

外婆带的那个男孩到该念书的年纪，因为没有户口，先找了间私人开设的幼儿园念着，后来外婆设法在人口普查时将他的户口给上了，这才能去公立小学报名。男孩长得很高大，就像他的父亲。他比班里的同学大三四岁，又因母亲始终浪荡，恐也无心读书。我每年回故乡时见他一次，转眼已从爱钻游戏厅的小男孩变成了懂得交女朋友、打架、偷盗的大男生。前不久我们一起吃饭，他来迟了，穿了件白色羽绒服，熟稔地摸了烟点上。母亲说，这么小就抽烟？明明手一挥，管他的，他要作死就随他去。他吃得很少，话也很少，对于长辈的训诫大多无所谓地笑笑耸肩，那夜晚饭散后不久，明明打电话来，说孩子在街上打架被人戳了一刀。

学佛的朋友告诉我，人生难得。不管长长短短，能做人来世上一遭，总归是不易的缘分。可是我看着男孩，我记得他婴儿时被我抱在腿上仰望着吊灯，忽闪着漆黑眼睛的无辜模样；我记得明明带他来昆明玩，我们坐公交车，他趴在车窗旁念外面的广告牌，满口错别字；我记得他偷了钱从家里跑掉又被找回来的那天，她们打得他浑身是伤。他的 QQ 签名里除了很多青春期自以为深刻的爱来爱去，他也说："我真想死。我为什么有这样一个妈？"

我以为自己是冷漠而疏远的，其实只是不敢去细想。男孩出生时九斤，生得结实修长，不过几天大小，他躺着尿尿就能射到一米开外的墙壁上。他健康，胃口好，不爱哭，喜欢看明亮多彩的东西。他自然不知为什么会来到这个世界，更不知道人生多苦，成长或是一场残酷的刑罚。

尚且几岁的时候，男孩的眼神已显出不同。那里闪动着畏缩而试探的光，它在说，很饿，他眼睛里有一双手。每次吃饭，男孩总吃到整个肚皮都可怖地鼓起来，外婆疼惜地说，这孩子不晓得饱胀。

女孩大一点时，和哥哥一起住在外婆家里。两兄妹将家里的塑胶袋收集起来拿到副食店里换零食，被人撵出来。

又一年夏天，明明被离了婚的大姐叫到家里，依照姐姐的暗示，试着代替她做女主人。日子没有安稳几天，婚外生活不如意的姐姐心理失衡，冲回家来对明明破口大骂，婊子，烂娼妇，不要脸，鸠占鹊巢。

明明再度回到外婆家，很快好像忘了这件事。

对于这次命运的拨弄，明明毫无反抗，甚少抱怨，只有阿桂姨骂得狠了，她才回敬几句。我问阿桂姨为什么出尔反尔，她的回答是，心理不平衡，叫明明去的时候没有考虑那么多，只想到要离婚了，她姐夫条件不错，肥水不流外人田，也算给她找个归宿。“可那始终是我一手一脚建立起来的家啊，让别人去坐享其成，我办不到。”

阿桂姨的性格接近于孩子般简单，草率决定，迅速反悔，最后竟为这件事闹得邻里皆知。明明喝多了，哭着说难听的话，酒醒后当即忘记。是是非非，对对错错，如酒精穿过身体，引发一次次狂乱后自行挥发。

上一次回家，我和母亲开车送明明去和女孩的父亲见面，他们每一两个月会见上一次，拿点生活费。我和母亲要去别的地方办事，明明只能在车站附近下车，再转一趟中巴去附近的乡镇。她在阳光下把车门关好，绕到驾驶室外面，弯腰对母亲挥手说："姐，我走了，你开车慢点。"看着她穿着廉价的花裙子、横向发展的身形渐渐在后视镜中远去，记起几年前和我聊天，她说："每次找男人要钱的时候，我觉得很耻辱，我不愿意。"

我说了句重话："可是你要了一辈子。"

她无言。过了半晌，又说："我还是想要寻找爱。"

"爱是什么呢？你们是不是一直在寻求一样根本不明白的东西？"我提出了当初没有对阿桂姨问的那个问题。

"不知道啊，不满足，耐不住，可能就是命吧。"明明说。她们习惯将不如意的遭遇解释为命运。命运是手中不肯放下的那杯浊酒，既爱又恨，或许，她们更是命运手中的酒杯，肆意倾倒、扑跌、摔碎。

她新近染了发，问我好不好看，我含含糊糊地说，显得精神。其实我不愿意再细看她的脸，布满雀斑与血丝的脸，坏掉发黑的牙齿，枯草一样的头发。人生如梦。

那年年底，莉莉小姨和她的丈夫在南方赌博输光了钱，小店盘了出去。明明去帮她收拾整理，几次三番莉莉要自杀，她阻止劝说，心力交瘁。我母亲调侃地说，你终于体会到这种痛苦啦。明明本是家里最大的难题，现在轮到她去为别人操心。不久她们回到老家，明明和两个孩子依然住在外婆家，盘剥外婆的退休金，据说又找了男友，当然是有家庭的，这似乎给了她一点动力，常常早起爬山减肥。

但这亦是很久以前的事了。

最近几次见明明，我都有些躲闪，因为她总拉着我，要讲自己的故事给我听，她说，你该为我写一本书。我讪笑。当然不是没有想过，却困顿于书写的意义在哪里，这样……糟糕的一生，值得写吗？她体内的那个闹钟依旧间歇性拉响警报，每次发作，就将她不管不顾地从正行驶着的轨道上拖离。母亲说明明变得暴躁，许是更年期的缘故，吵起架来比谁都蛮横。外婆病重，她也从来不看望，但凡喝了酒，总要抱怨家里人对她不好。明明到我们家里来玩了两次，我半夜起床去洗手间，总看见她在饭厅那口大酒缸面前愣愣地站着，红眼睛发直，怪吓人的。

近来明明再打来电话，母亲很少接了，母亲说，她疯了。

我曾经笑言，明明是我们家最奇的一个人，终生颠沛流离居无定所，却无怨尤，无挂碍。我还说她该不会是《红楼梦》里的癞头和尚吧，就是要在这泥泞的尘世里打滚，落得不能再低，她是来帮助身边的人修行的。

明明生第一个孩子在小诊所，第二、三个孩子都在出租屋，自己生，自己剪脐带。难以想象那是怎样的冬天，是怎样被恐怖缠绕着生命的夜晚。更有可能，她根本没想过那么多，只不过按照着自己内心的本能，随波逐流。两个孩子渐渐长大，男孩继承了母亲年轻时的本事，三天两头夜不归宿，有几次翻窗进了外婆的屋子，将可能藏钱的地方翻了个底朝天。他也像他的母亲，撬开二姨家的铁门，进去偷了蒸好的扣肉吃。我看见女孩的时候多些，她开始上小学，除了偎在母亲身边，平常不太爱理睬人。放学后她穿着极脏的裙子，不知借了谁的小单车，在黄昏的公路边来来去去地骑着，若是叫她的名字，便从幽微光线中远远应你一声。

2011 年初稿

2015 年修改

# 遗失的红纱巾

要走的前一天晚上，婶婶在家吃饭。我起身给她添酒，她摆手说，以后不要叫我婶婶，你现在有新的婶婶，人家听了不好。

“已经叫了二十多年，改不过来了。”我笑道，“你就是我婶。”

饭厅里的吊灯灯泡灭了大半，我、婶婶、母亲，坐在灯下吃饭，每个人脸上都是忽明忽暗的光线，桌上大盘白灼虾渐渐只余下大堆红而透明的外壳，凉拌笋丝也所剩无几，母亲舀出的一海碗枸杞泡酒快要见底了，唯有一盆鸡汤几乎未动。我端了汤进厨房去热，听见婶婶对母亲说，算命的人曾经告诉她，她一生会有一儿一女，和我的叔叔。

堂弟在北京念大学，叔叔离异后已另娶，他们哪能再得一个女儿呢。我想婶婶是醉了，同母亲交换一个眼神，示意她们不要再喝。

十月底的昆明，夜间微有寒意，我们搁置了一桌子残局，齐齐转移到沙发上。三个女人共同横盖一条大毯子，电视台正在播放第一千零一次《甄嬛传》，甄嬛刚刚得宠，被皇帝拦腰抱着在皇宫里大步走，孙俪年轻的扮相清丽得能够随手折断。这部剧我与母亲已经看得生厌了，母亲抬手要换台，却被婶婶拦了，她说这个好看。

后来我有些困乏，在两人中间歪头盹着，醒来时母亲正在厨房洗碗，婶婶窝在沙发一角，两眼直直地看着电视，神情专注得近乎有了恐怖的意味。我无端起了一层鸡皮疙瘩，起身洗漱进了房间。

次日婶婶走了。又过了两三天，母亲对我提起这天晚上，她说，你婶婶脑子坏掉了吧，说了很多颠三倒四的话，似乎还有等着你叔叔的意思。我说，她不是有了新男朋友吗？那个男朋友不是还对她紧张得要命吗？我妈说，谁知道呢，人家比她小五岁啊。

想起来婶婶临行前给她男朋友打过一次电话，大概是叫对方去机场接她。想是没谈好，才两三句话，婶婶的声音高起来："不来就算了，以后都别来了！"就这么挂线。我在旁边略有些尴尬，她脸上风云转变好几回合。男人没有再打过来。

自几年前离开老家之后，我和父母都不太回去，一来因为适应了昆明冬暖夏凉的气候，二来没有太多重要的事。老人们一个接一个地去了，等到外婆也不在的时候，就真没有回乡的理由。去年我们回去过一次，特地参加叔叔的婚礼，爷爷奶奶前两年过世了，叔叔没有别的亲人。

婚礼隆重得让我们羞赧。酒店门口摆出了前所未有的巨幅照片，业已秃顶的叔叔和年轻的新婶婶依偎在一起。我进去的时候，身边有不认识的人议论着"男人有钱就变坏"之类。我心里轻轻为叔叔辩驳：不是这样的，离婚是因性格不合，再婚是因为生活要继续。小城太小了，为了躲避议论的风头，那几天婶婶去了广州她弟弟家，我是说原先的婶婶。

我第一次在别人的婚礼上落泪。不知怎的，也许是太热闹、太豪华的缘故，特地从外地请来的婚庆公司营造出美轮美奂的场景，司仪天花乱坠地说着他们“爱情”的珍贵……我站在角落，想到幼年时父母去外地工作，将我寄养在叔叔家里。那时候他刚刚大学毕业回来，从工作的银行分了房子，很快又升职，人人都说他娶了一个好老婆，一个在家带孩子等他的老婆。

婶婶在哪里呢？我问身边的妈妈，她眼圈早已发红，只叫我不要犯傻。

已经成年的我，当然不会像外人那样把叔叔和婶婶的婚姻解体简单地归结为金钱的作用。很多年的时间里，我也看到了婶婶激烈的脾性，发作起来常常让叔叔在朋友面前无法下台。再往前一年年末，他们离婚之前，叔叔一个人在山上的度假村租了栋小房子，有一次我和爸爸夜间上山去看他，我们将车子停在路边，沿着曲折的田埂蜿蜒往里还要走十来分钟。那时很冷了，两面寂寂的水田反照着没有星光的夜空，一排黑黢黢的竹林消瘦地立在远处，叔叔住的地方就在竹林后面，见到我们去，他很难得地露出开怀的样子，拉我去小厨房看，崭新的柜台上几瓶还没开封的老干妈、豆腐乳，一瓶油，一把鸡蛋挂面。那时候我想，叔叔生活得很不快乐，离婚或许是一条好的出路。

叔叔婚礼过去不久，婶婶悄无声息地回来了。我去她开的西餐店里吃牛排，遇上刚好放暑假的堂弟，我们三个人像往常那样对坐着吃饭，婶婶见我爱吃配菜里的沙拉，就将她盘子里的一并过给我。我们没有说一句关于叔叔再婚的话，就像根本没有发生过那回事一样。

就在吃牛排那天，我发现婶婶不如以前那么美丽，原本光洁的两颊长出一些暗沉的斑点，整个人看上去有些精神不振。我本想说几句话来过渡一下城里仍未散去的流言，然而仅坐半晌，她的电话就响了三次，从语气的亲密度分析是个男人。她们说她有新感情竟也是真的，我并不生气，心下释然了几分，人总是要往前走的，婚姻不过是人生的一段路。

约莫半个月以后，老家传来婶婶开车在自家楼下撞铁门的消息。他们说她喝醉了，趴在方向盘上大哭，不肯下车，发动引擎一下下重复撞上去，无人敢劝。那辆车是叔叔离婚前买给她的，一辆红色本田。那夜妈妈与婶婶通了很长时间电话，她一直在哭，提起这些年来叔叔离开银行下海经商，事业不顺时她在背后默默承担的一些苦，眼见境况好了，却……母亲叹气，只能劝她想宽些。

渐渐没有婶婶的消息，其间新婶婶生了个小男孩，叔叔遭遇房地产低谷，事业再起风波。早以为两人已断绝关联，到此次婶婶来云南旅行我们才得知，原来她将当时离婚分得的那套小房子抵押贷款，得来的钱如数去帮助叔叔。而她和她的男友，想来也是为此闹了矛盾。

小时候我不喜欢婶婶，寄居在他们家的那些日子，她很少和我亲近，连袜子也勒令我自己洗。奇怪的是，当叔叔的邻居们开玩笑说，你婶婶很快要生弟弟了哦，生了弟弟就不要你咯……我却委屈鼻酸，极怕被抛弃。

念学前班的时候我胖乎乎的，脾气好，经常被欺负。有次婶婶给我买了条红纱巾，我欢天喜地地围着去上学，立即被一个跋扈的女同学以“借”之名抢走。我从来没有那么憎恨过一个人。那天放学路上，失去红纱巾的我噙着眼泪不敢回家，不知该怎么向婶婶解释遭遇到的抢劫事件，恨不能冲到女同学家里大闹一场。无论怎么慢慢走，还是很快看见婶婶站在路边等我的身影，她帮我理了理书包带子，竟什么都没说。

当天夜里婶婶想起问纱巾的事，我撒谎说掉了，因为她不是我的妈妈，我心虚地哭了起来。

哭啥呀，她说，明天婶儿再给你买一条。

她帮我掖好被子就出去了。

2013 年

# 打错了

十二三岁的时候，我还是个孩子。爸妈在车站工作，我放学后不愿意独自回家，就先去车站。车站里人很多，来来往往都是赶路的旅客，他们很多从乡镇来，去更大的城市务工，其中大部分灰头土脸，衣衫陈旧。我喜欢在那些扛着大包风尘仆仆的旅人中间矜持冷淡地走来走去，或是找一个较为显眼的位置坐着，等待他们茫然的眼神扫过我并着意停留片刻的时刻，那时心里会有股莫名的优越感，仿佛我是这车站甚至这旅途的主人，居高临下地掌管着他们的命运。

在一群深灰色的旅客中，偶尔有那么一两个整洁的、年轻的，每当眼神与这样的人交接，默契和好奇便取代了优越感。我脑子里会冒出一些问题：他们从哪里来，要到哪里去，去做什么，等等。不知道这些问题是否太过明显地画在我的眼睛里，又或者说我通过眼睛在向他们发出邀请，当那个年轻男孩走过来，仿佛漫不经心又蓄意已久地搭讪着“嘿，你要到哪里去”时，年少的我有种得逞的欣喜，淡淡地说：“哪里也不去。”

“嗯，我想也是。”他又说，“我注意你好一会儿了。”语气透着点失望，仿佛因为接下来的旅途我不能与他同行。男孩穿了一件米白色或是烟灰色的T恤，牛仔裤很新，裤兜到腰扣处挂了一根银色链子，是当年流行一时的扮相，鞋子也很干净。

“是吗？那你去哪里？”我故作老到地问。

“去广州上班。”他说。

他不说打工，说是上班，这让他与周围的人有了一层区别。我本想问问他是做什么工作，没问，不想让对方感到我对他有好奇。

“我想去买点路上吃的东西，你知道附近哪里有店吗？”他问我。

“大门出去，左边就是了。”我说。

“我带你去吧。”不知道为什么，我又说了一句，并拿出“车站主人”的理由来宽慰自己。

“好。”他突然一笑，嘴角咧开，牙齿整齐但边缘锐利，像一只狡猾的动物。我心里一惊。但话既出，也不好后悔了，只好硬着头皮领着他去。

大约五十米吧，就到了小卖部。一路他都在说话，比如看见我独自坐在那里，很特别云云，我脑袋蒙蒙的，一边注意周围有没有认识的人在看我，一边在口中平淡地应他两声，心跳得很快。他也没有买什么，只买了一瓶水和两包烟，而不是俗常琐碎的方便面、点心和饼干，这又让我刮目相看。

回去的路就变得很短了。他说：“你会说广东话吗？”

我说："不会。"

他说："那我教你好吗？"

我说："我学不会，不过你可以说来听听。"

然后他用广东话说："我中意你。"

我听懂了，脸唰地便热起来，但口中还是很坚持地说："什么意思，听不懂。"

"我好中意你。"男孩又说，这次没有上一次那么轻飘，发音较为重了。

我慌张地看他一眼，他似笑非笑的，看不出认真不认真。幸好走回了车站。又有些微微的遗憾，这路实在是太短，不然可以多听他说几句。回到人群中，我们的关系立即就远了，比刚才路上的要远，几乎立即就回到陌生人的样子。他走开去一边抽烟，我也不好意思继续坐在原处，仿佛那是一种着意等待的姿势。我又像往常，在人群中走来走去，间或有认识我的大人经过，叫住我说两句无关痛痒的话，我说着笑着，一面用眼角余光搜寻，看那个男生是否仍在视线范围内，或者说，看自己是不是仍在男生的视线范围里。

有一会儿没见他了。像有盏灯被关掉，暗淡下去，只觉得周围好吵闹，没意思。接近傍晚七点，惯常的长途车出发时间，人们陆续上车，我在竹椅子上坐着，想离开又有些不甘心。这时他突然出现，不知从哪个方向来，我无法掩饰窘迫，就像猛地在镜子中看见自己，更可怖的是，还有另一个人同时在看。

他递过一张字条，说，这是我的手机号码，你无聊可以打给我，陪你说话。

我拿着字条像拿着一个炸弹，烫手得很，恨不能立即扔了。可为什么，又没扔。

“你的呢？能告诉我吗？”他说着又微微地笑了，这是他的第二个笑容，在暮色的掩护下显得有些深沉，有些忧伤。

我犹豫了大概两分钟，接过他的笔在他递过来的纸片上写下了家里的电话。他郑重地叠好放进T恤左胸的口袋。他说：“我可以打给你吗？”我支支吾吾地说：“没什么事还是别打吧。”

“哦，好吧，我想你的时候再打。”他轻描淡写地说，我耳朵里轰然一声。

接着他就上车了，随着灰扑扑的人群，我视线犹豫地追随着那件浅色T恤，它终究在暮色中逐渐被淹没，最后被吞进了长途大巴的肚皮。

怅然地回家，才敢展开纸条，上面写了一个名字和一串数字。谭力，我默念了一下这个名字，有点惊心动魄。叠好，插在电视机上的一个塑胶花盆里。打开电视机恍恍惚惚地开始看肥皂剧。

少年无心，在我几乎忘记了这回事的第二天或第三天，妈妈冷不丁地问我：“前天你在车站做什么了？”

“嗯？什么？”我全无印象。

“好好地想一想。”妈妈的语气温和，但透着不容置疑的严厉。

“没什么啊。”我使劲地想了，还是想不起来有什么特别的事情发生。

“你是不是给谁留电话号码了？”妈妈问，语气还是温和的。于我而言却好似一道闪电，我突地又看到了镜中自己的裸体，羞愧得不知怎么才好。难道是花盆里的字条被发现了？还是我不在家的时候他打过电话？只能弱弱地答，嗯。

“要不是你陈哥哥看见了，我还不知道你胆子这么大。”妈妈说。这话有些怒意在里面了，我不敢说话，也不敢解释，心里想，比他打电话过来还糟糕，是被不相干的人看到并多嘴。

“你不要怪陈哥哥，他是好心。”妈妈说，大约见我已经被吓着，复又温软道，“这个世上坏人很多，素不相识的陌生人，你知道他是做什么的？怎么可以把电话号码随便给人家？”

我无话可说，妈妈说得很对，后怕袭击着我，惊出一身冷汗。同时，羞耻的感觉更甚了，怎么可以这么随随便便就把电话号码给陌生人。妈妈只说了一句：“以后不要再这样了啊。”我点点头，不知怎的委屈得很，死死咬着下唇说不出话。待妈妈没注意，第一件事就是将那藏在花盆里的字条给翻出来撕碎了，撕得碎碎的，洗了好几遍手，就像碰过什么肮脏的东西。

那之后很久我都没有去车站，仿佛一个犯人不敢再去自己犯过罪的地方那样，非常避忌。怕看到陈哥哥，怕他在心中将我当作一个轻浮的女孩子。但实实在在的，我又是做了一件轻浮的事情。

黏稠的恶心感在那段时间一直糊在我的后背，有点凉，滑腻，擦也擦不干净。那是我人生中第一次留电话给陌生人，恐怕也是为数不多的几次之一，直到现在有人问我的电话号码，我都会本能地戒备说，我不太喜欢用电话，知道号码也不一定找得到我。这也是实话。

很久很久了，一个安静的午后，家中的电话突然锐声响起。我过去接听，听到电话那边一个陌生的男声说出我的名字，问：“是你吗？”电光石火之间，我想起那个男孩的面孔，后背上本已淡却的黏湿感又密集地爬上来。我沉默片刻，用近乎没有波动的声音说：“你打错了。”“哦。”男孩迟迟疑疑，不大相信的样子。我没等他说出下一句话便挂线。

总算长出一口气。

2014 年

## 爱唱歌的王老师

我只能记得他姓王，因为身形极瘦，不免显得弯腰驼背，有点滑稽。蓬松微卷天然黄的头发打理得很好，一丝不苟的三七分头，茶色眼镜架在鼻梁上，两颊瘦得凹进去，上唇的胡须修剪得浓密整齐。一件旧的厚扑扑的两肘有贴布的枣红色西装，使他看上去像个旧时小说里走出来的英国男人。

他给我们代过一个学期的英语课。嗓门大，语速慢而清晰，似乎是李阳那样的，只是英语被说得字正腔圆铿锵有力反而别扭，都说他教得不好。那时候大家没心思读书，上课只管吵闹、聊天、偷偷吃东西，有的索性书一立呼呼大睡。书倒了不要紧，反正王老师又不会怎样，至多拖长声音点出那位同学的名字，真站起来了，王老师倒像是被难住了，又让人坐下。

用不了多久就得出结论，王老师好欺负，王老师很屃。

英语课越来越吵，上着上着课，有学生径直站起来走出教室门。因为王老师说过："去厕所不必打报告，自己悄悄去就是。"可是他忘记说叫他们再悄悄回来。不停有人出去，剩下的人都在笑，乱成一锅粥。王老师站在讲台上，脸上的表情精彩得很，又生气又想笑，总之他一点办法都没有。

点人起来回答问题，学生直接回答："Sorry，I don't know."他没对策，灰溜溜地再点下一个。一串点过去，统统 don't know，终于有个成绩过得去的答出来了。像救了王老师的命，他恨不能点头哈腰地笑着，就差没作揖感谢对方的解围。

科目教得不好，谈不上地位。王老师在学生里没有威信，也没有哪个老师把他当回事。他总是独来独往，穿着那件枣红的呢子西装，泥色西裤空出大半个裤管，走起路来整条裤腿都在晃荡，显得鞋子特别长。

总觉得有点好笑，那样的衣着，有时西装里还穿衬衣打领带。在我们那样简陋的县城中学，男老师多半是黑色夹克，村干部标配的那种，仿佛比赛着谁更不在乎仪态，谁在乎谁就是孙子。王老师的讲究和干净就这样无端端显出寒酸来，唉，那褪了色的熨烫得板儿直的西服。

他常常站在收发室门口，一面和看门老头聊天，一面喝着保温杯里的浓茶。学生见了，问王老师好，他会回你，Hello!——Morning!——嗓门大得像演音乐剧，神经兮兮。

更多的时候他一个人，疾步走着，面上带着表演似的微笑，没有含义，只是孤芳自赏。他头微微上抬，像唱歌时的费玉清。他也是真正爱唱歌，在操场远远看见，他且歌且行，歌声极浑厚洪亮，美声唱法，唱《年轻的朋友来相会》《祝酒歌》《敖包相会》等，也唱《我的太阳》《乌苏里船歌》。走近了，你招呼他，他冲你笑，歌声并不停，两臂微张似乎要给你来个西方礼，但很快大步越过你朝前去。

同学们虽然捉弄他，但实际不讨厌他。每次有英语课，他人未至声先到——是一路唱着来的。大家都笑。可又发自内心地觉得王老师毫无管教手段，永远刻板地照本宣科，好生无聊。后来师生间形成默契，他讲他的，我们睡我们的。不要互相为难，忽悠忽悠就算。

那一学期毕，班级英语成绩奇差，学校不声不响又换了老师。那两三年不停换英语老师，也不知为什么，觉得自己好像根本没学过，那些老师，好像没有真的认识过。王老师这个人，偶尔还是在学校瞥见一下，没有更多交集。只是后来想起，他的软弱，大概都是礼貌和风度使然，他应该是发自内心地向往那种优雅的罗曼蒂克的西式情调。而我们太习惯声色俱厉的老师，会唱歌的，会让人悄悄去洗手间的，此前没有，此后也不曾见过。

中间很多年过去了。前几年我从外地回故乡，在外婆位于园丁村的家里坐着闲聊，门外突然传来一阵歌声，好生熟悉，我侧耳倾听，电光石火间辨出是他。

我问外婆，王老师住在这楼上？

“哪个老师？”外婆说。

“唱歌那个。”我说，“多瘦的，眼镜儿。”

外婆说：“他好久是老师哦，他在我们这里看门的嘛。他爸爸以前才是老师，学校的老教师。”

“不会吧，他教过我呢。”我说。

“那不晓得，听说倒是代过一段时间课。”外婆撇嘴道，“歌唱得好，人没出息，挣不到钱，年纪轻轻看大门。婆娘都跑了的。”

我轻轻“啊”了一声。

后来去外婆家，差不多都要听见王老师的歌声，并没有外婆所说的那种落魄之感，反倒很悠扬、喜悦，像一阵暖春里有太阳味道的风。有那么一次，我们终于在楼洞里遇见了，他竟还穿着那件西装。那天很热，他的步子和着歌声照旧欢快，可那身衣服……整齐得很多余。

他没有认出我，我也没有招呼他。好像他并没真正做过我老师似的，有些轻微抵触，但我心里不讨厌他，也没有鄙视他，一点都不。

前几天忽然想起来问外婆——又有几年过去了，我说：“你们楼上那个王老师还唱歌不？”

外婆说：“早就没在了。”

我“啊”了一声。

外婆补充道，有年高考的时候，他帮学生代考英语，被发现后就开除了。退休金拿不到，连工人资格都取消掉。后来他就出去打工了。

2014 年 6 月

# 五年不迟，十年不晚

每次住院都能收获不少友情，这次比较特别，邻床丁婆婆给了我五个大花茄子，自家种的，不用化肥。

今天要说的是丁婆婆的故事。

丁婆婆今年六十三，父母皆饿死于二十世纪五六十年代的饥荒时期。她不知自己是怎样活下来的，听旁人说，父母死的那会儿，她只有七岁。丁婆婆说起话来一声三叹，加上正处病中，气力时断时续，便有戏词般的凄凉："妹妹，你不晓得我们苦啊，听我说给你听。"

丁婆婆没有读过一天书，七岁父母双亡，十四岁嫁入丈夫肖家，那是个本分朴实的家庭，尽管条件不宽裕，但一家人勤勤恳恳，日子也慢慢平顺起来。丁婆婆少小失去双亲，虽没有文化，凡事倒比同龄女孩更老辣沉着。如此，男耕女织，岁月如流。

她有三个子女，长的是女儿，下面还有两个儿子。自我入院，丁婆婆一直萎靡地蜷缩在那边病床上，消瘦的小小的一团，她的话匣子其实是在提及女儿时打开的。

“我姑娘十七岁就不在了。”她说。

“是生病吗？”我妈问。

“不是生病——妹儿——你慢慢听我说嘛。”又是那样气若游丝的声音，欲扬先抑，想必真是一个凄惨的故事了。

女儿是年十七岁，发辫长及脚腕，模样姣好，性情善良体贴。参加公社劳动，偶然间结识了邻近药铺里的学徒小伙，两人偷偷相恋。小伙家境贫寒，“去他家里，他妈打一桶水来给我们洗脸，刚洗了脸想冲哈脚，喔嚯！底子通了。你说多穷嘛。”

“大家都反对。我姑娘说，妈，你不要担心，他家里没得钱，但他有手艺，以后生活是不愁的。”

肖家姑娘有主意，父母又都是温厚老实人，这样一来，也只好依了女儿。

两个人在一起，时间一长，就该谈婚论嫁。小伙子出入肖家，将二老叫作爸妈，街坊邻里都知道，这已经是一家人。又过一阵，姑娘回家时总苦着脸，很沉默，小伙子也来得少了，父母追问之下，才知道邻乡乡长的女儿也相中了小伙儿。

有一天，小伙子到肖家来，对丁婆婆说：“我和大姐的事，五年不迟，十年不晚……”含含糊糊，总归是要退婚的意思了。

丁婆婆是有骨气的人，回头就劝女儿算了，放下这门亲。女儿宽慰母亲道：“妈，你放心，我有办法。”

那天，肖家夫妇下地干活了，归家时家里只有奶奶一个人。问姑娘去哪里了，奶奶说，她剁好猪草、煮好饭就出去了，只说去小伙子家一趟。丁婆婆左望右望，姑娘迟迟不回。天色擦黑，影影绰绰中见一身影跌跌撞撞而来，近前看见是小伙，手持一根臂膀粗的木棍，扑通一声在丁婆婆面前跪下。

“你这是干啥？我姑娘呢？”

“她……她不在了。”

原来肖姑娘性情刚烈，受不了恋人变节，在他家门口喝了农药，心想以性命去挽回这感情。结果凑巧小伙不在，随师傅出诊，赶回来时姑娘身子已经冷了。

后来的事很潦草。肖家上门去理论，要赔偿。按风俗，殡葬事宜当然是要对方家里操办，尤其这种早夭的女孩，多少岁就要扯多少米布来陪葬，可惜那家人连几米裹尸布都嚷着没钱买，最后东借西借，仿佛是赔了三四百块。

“活生生一个人，说没了就没了。她奶奶后来再不肯吃空心菜，因为她在的时候，总是将嫩的叶子摘给奶奶吃，自己吃杆杆。奶奶看到空心菜啊，眼泪就长流。”

“这么多年了，想起来还是伤心，想着她孤零零地在那坟头里睡着。起先两年我们还去看她，后来她爸爸说，看了伤心，不看也罢。就再没去过，二十多年了。”

丁婆婆哀哀地轻声啜泣。我们除了叹息，说不出别的。

过了一年，小伙结婚了，新娘并不是那个乡长的女儿。两人时不时来探望丁婆婆，还是叫她“妈妈”。这么多年过去了，他们都搬到了城里，有一次丁婆婆又碰见小伙，他说，妈妈，一会儿到家里吃饭吧。肖大爷听说后撇嘴道："那种拉屎不生蛆的人家，去什么去！"

忘记说了，肖家姑娘有个特别好听的名字，叫玉梳。

他们家的茄子，当真特别甜。

2015 年 7 月

# 惜红衣

“二”是她的排行，因两家多年故交，我从小叫她二姐。我们相差十二岁，二姐风华正茂时我尚是初中生，那时他们家兴旺至极，自家修的大幢楼房，底楼做门面，可谓门庭若市。楼房落成不久，我和母亲去拜访，逐层参观他们的居屋。最爱顶楼二姐的居处，素淡颜色的木地板，家具多是木质的，有别于其他套房的富丽。

二姐见到我，抓一把巧克力糖塞过来，她把我当成小孩子。二姐的床大得不可思议，占据房间的四分之三，揉皱的粉色缎面被子，地毯上散乱放着书和杂志，她坐在床边穿靴，突然抬头问我，二姐这里好不？我点头，她的房子简直就是我的梦想。

二姐不算漂亮，但一头红发衬得肤色越发粉嫩，衣着入时，脾气率直，走到哪里都如一阵疾风，夹带着香气。她快步下楼，底层门店聚集的人群避出一条路，自恃熟稔的男人打趣她：“二小姐，今天又要去哪里潇洒？”

“去打牌撒。”她斜眼一睇，“走嘛，我们三缺一。”

“开啥子玩笑！”男人连连摆手，“你们那种场合，我咋上得起哦。”

二姐打的是大牌，输赢动辄上万。

二姐交过很多男友，后来成婚，排场一时无二。

转眼近八年，上面说的是很旧的事。

这日二姐来访，我泡茶，端出点心水果，一如当初他们招待我般丰盛。她坐下，问我第一句话是：“二姐老多了吧？”我迟疑着，不好说是，也不好说不是。幸好母亲救场，对她说：“没有嘛，你留长发显得比以前有女人味了。”她笑笑：“马上四十了呢。”这下我也笑了，说，我都快三十了。

许是太久不见，母亲和二姐净说客套话，比如我家的装修不错，电视墙的颜色稍微暗了点之类的。她像所有初到我家的访客那样逐间看过我们的房子，最后在我的房门边停下，小心翼翼踏进来，仰望书架，说，哎，以前我也好喜欢读书。

她说的以前，实在是很久以前了。

她翻出包包里几张过塑的老照片，都是她孩子的。照片很老，是大女孩襁褓时期，母亲嘴快，当即指出：“你这都是老古董嘛，见过的！”二姐嘿嘿一笑，有点不好意思，又拿出手机给我们看稍微新一点的，大女孩长高了，小儿子很精神……我心里一酸，这大约是她流浪在外唯一的支撑。不久前二姐回老家看过孩子，趁夜去，趁夜走。提到这个，母亲和二姐眼睛都红红的。

几年前他们家因经济涉案，兄长母亲一夜之间锒铛入狱，二姐当时亦在通缉之列，仓皇出逃，乘火车远走，最后停在内蒙古某处荒僻的小镇。镇上有矿场，大半都是外乡人，她在餐馆洗盘子，半年后才敢和亲戚通消息。通缉令在二姐出逃后不久即告解除，实际上她对自家生意知之甚少，但依然不敢回家，债主太多。

“你们不知道这些年我是怎么过的。”二姐说完这句话，立即哽住了。

也断断续续听到很多风言风语，说二姐在矿上卖春给工人。人们在茶余饭后说起他们家当年的气派、现今的落魄，说起这个二小姐过去多么风流，现在多么下贱……最后连这样的议论都少了，生活继续，遗忘从来很快。

兄长和母亲在狱中需要钱，事发后嫂嫂弃一双儿女从此销声匿迹，加上二姐自己的儿女，还有守在家中愁到白发的父亲，这些年她独自在外打工，养活这上上下下七口人，很难想象是怎么过的。这话题终没往下说。母亲转而对她提起上次去探望她兄长，在高墙外隔着铁栏看他打篮球，说他瘦了很多，但里面的日子总归比外面好过，宽慰二姐不要太过担心。二姐轻轻点头。

吃饭时二姐喝了不少酒，在北方的这几年，她酒量大增，食欲也好，说笑间吃下去许多牛肉。她以为自己胖了，在我家过秤之后，发现并没有，欢喜得连吃两把开心果。她半开玩笑半认真地央求我父亲帮她找工作，父亲含糊应着，我知道他并不当真。

前两天有长辈知道二姐将来访，好意告诫母亲，说走霉运的人，切勿留她在家过夜，最好连吃饭都在外面。那天我们果然在外面吃饭，二姐也没有过夜，下午就走了。随母亲去火车站送走二姐，回来路上正是下班高峰，前方车流茫茫，我们挟裹其中……母亲忽然自语道：“她何尝愿意呢？她除了她自己，其余又有什么。”

2013 年 7 月

## 胭脂粉

陈婆婆种了好多胭脂粉，傍晚时分开花，花香暖烘烘的，有股肥皂味儿，和陈婆婆身上的味道是一样的。傍晚时分，她拎着木桶从澡堂出来，坐在水管旁边搓衣服，哗啦——白白的肥皂水倾倒在水沟里，黑漆漆的沟子浸成青幽幽的颜色。陈婆婆的手指泡得起了褶子，打肥皂洗两次，清水涤三次，本来夏天的衣服就薄，再给这样一洗，简直要破了似的，晾在衣架上半透明。

对过的张婆婆节约，洗了衣服的水要存起来冲厕所，对于陈婆婆这样哗啦啦冲水的豪气，她很有意见。

“不晓得哪来那么多衣服可洗！水费不要钱？”张婆婆一边烧晚香一边嘀咕，双手合十拜下去，脸上的皮也跟着垂下，菩萨就在佛龛的阴影里慈眉善目地望着她。

跪了蒲团爬起来，累得气喘吁吁，张婆婆后背渗出一层细汗。

“胖子——上街咯。”陈婆婆在院子里敞声喊。

“等一下，我换件衣服。”张婆婆应道。陈婆婆讲究，每年夏天都要缝新衣裳，张婆婆不舍得花那个钱，却也不愿意输面子。她出门时特地拎上外孙女从苏州寄来的金菊蓝底的刺绣绸包，果然陈婆婆"哟"的一声："这么花哨的包包！"

"铃铛买的，我说太花了，她说老年人就是要花才好看。你说像个啥嘛。"张婆婆慢条斯理地说着。

"好看好看！去年我在舟山也买了一个，后来小雅非说想要，给我拿去了！"陈婆婆道。小雅是她的幺女，在五百多公里外的一个城市里当老师。

张婆婆心想，舟山，又是舟山，去过一次舟山愣是要天天挂在嘴边吗？面上笑道："就是，她们年轻，拎着才合适。"说归说，并没有进屋重新换上原先的土布褡裢，她仔细落了锁，跟陈婆婆一起往外走。

沿着小院的石板路，往外一溜都是胭脂粉，有玫红的、白的、黄的。陈婆婆边走边看，见到熟透的种子就拈下来包进手绢里，回头又给播到地里去。除了胭脂粉，陈婆婆还栽了昙花、芍药、美人蕉等好些品种，将小院里的公共区域占了四分之三。张婆婆拉不下脸扯皮，只好也栽起花来，她着意种得和陈婆婆不一样，有海棠、茶花、令箭荷花等，可惜开不好，每每只能望着对面欣欣向荣的花圃生闷气。

每天上午和黄昏，若没有特别的事，她们都要一同出门。上午买菜，黄昏散步。两人一高一矮，一胖一瘦，张婆婆眼角下拉，加上嘴皮无几粒牙齿支撑，无端端显得恶相；陈婆婆则刚巧相反，眼睛像尾巴上翘的小蝌蚪，没笑也令人错觉她在笑。两人头发均已花白，张婆婆中分，用黑夹子别在耳后，陈婆婆也是同样的别法，但她头发烫得卷曲蓬松，看起来很不相同。

只有一种情况下，张婆婆会正面表露对陈婆婆的羡慕，就是每当几个女儿回家，她都要说："你看人家老陈，儿女多孝顺，隔三岔五就回来看她，一样是三个娃，怎么从来没听见人家家里吵架。"这时张婆婆的幺姑娘就要反击了："我们还没听过陈阿姨骂人呢。"

张婆婆生三个女儿，陈婆婆是两女一儿。当年两人差不多同时参加工作，同时结婚，孩子也差不多大。陈婆婆的大女和张婆婆的二女是小学同学。张婆婆脾气火暴，生的孩子都不温柔，相形之下，邻居一家确实文静得多。

女儿这么说，张婆婆不乐意了，眉毛一立："骂人，我骂了你们好多？！"

"哎哟，开玩笑嘛，看你就急了。"大女儿赶紧打圆场。

陈婆婆让张婆婆不高兴的地方有很多，比如她老是叫她"胖子"，比如她透着虚伪的温和。往远里说，从前一起被分到食堂工作，陈婆婆凭啥得了既轻松油水又多的采买一职，而她却不得不在灶前油焖水煮几十年，末了人长得跟屯米的缸子一样粗壮。张婆婆总结是因为陈婆婆善搞人际关系，过去拉拢领导，现在拉拢寺庙里的师父。

每隔个把月，安福寺的明净师父都要到城里走一遭，没有哪次不到陈婆婆家里吃饭。张婆婆也请了两次，那一回趁着大女儿在家，为了讨师父喜欢，精心炮制了一桌素火锅，外加好些平常张婆婆从来舍不得吃的糕点，下了血本，总算得了些赞美。那一阵师父走到哪里都说张自芳的素火锅好吃，这话传到张婆婆耳朵里，别提多受用。然而明净师父的一干弟子识得颜色，马上变着法子呈上更实惠的供养，智能手机、皮鞋、名贵中草药……张婆婆很快被排挤出去，她知道比拼不了，下次明净师父到陈婆婆家里做客时，索性将房门关得死死的，没想到陈婆婆反而来敲门，“喂，胖子，过去一起吃饭嘛，反正你就一个人。”张婆婆碍着师父的脸面，硬着头皮找出几罐平常买来舍不得吃的娃哈哈八宝粥拎着过去了，师父说：“拿啥东西哦，坐，坐。”却并不接她的粥，最后还是陈婆婆给接了过去。

那天师父走了，粥留下了，陈婆婆左思右想，又给张婆婆送了回来。没承想这一送，张婆婆恨她恨到了骨子里。

“最会拍马屁！”张婆婆愤愤地说，“一年到头不知送多少钱去庙里，菩萨塑金身也去，师父生日也去，喏，说着多光荣，多好听！”

“不晓得哪来那么多钱！”这一句说到筋节。

陈婆婆的丈夫袁爷爷退休前也是做采买的，在县城的另一个国营单位，他们两人在采买过程中认识，对上眼。袁爷爷收入好，脾气也好，对谁都是笑嘻嘻的，七十几岁了还经常给陈婆婆哼个调调、开个玩笑，经常引得院子里的年轻人打趣羡慕。张婆婆想起自己那个一早离婚，老来患了重病还要她去照顾送终的游手好闲的丈夫，人比人，气死人。

八宝粥事件过去后，张婆婆很长时间不愿和陈婆婆一起散步，推说自己这里疼那里疼，要不干脆趁她还在洗碗，快步从院子里穿过去。没有陈婆婆同路，张婆婆一个人走，从老街到郊外，再走到桥头折返，这一条长长的路未免有些寂寞，唯一可自我安慰的是因为没有人和她说话，可以念更多的佛，陈白兰念两万，她起码能念四万——何况陈白兰不一定念得了两万。

陈婆婆每天要睡到八点起，早上都要吃炒菜，一天要洗两次澡，过场那么多！张婆婆吃得简单，常年白粥配咸菜、红豆腐、萝卜干、积蚕豆。

积是一种做法，将干蚕豆在锅里翻炒，不放油，炒到两面发焦微黑，铲到放了糖醋酱油的碗里，用另一只碗扣着焖到熟。张婆婆爱这个甜酸味儿，一碗一碗积好，囤着吃。

有天散步回去，在巷子口碰见小雅和阿光——陈婆婆的幺女和幺儿。他们齐齐喊了她："张阿姨！身体还好哇？怎么最近都没跟我妈上街耍了呢？"张婆婆怪不好意思，只好说："耍，耍，哪里没耍哦，你妈忙得很。"

确实那一阵陈婆婆很忙。后来张婆婆才知道，袁爷爷检查出了肝癌，医院已经不愿收治，陈婆婆整天就在家里照顾他。难怪不时闻见对过熬药，张婆婆想，这两口子也真是沉得住气，这么大的事，声都不吱，平常照样穿得漂漂亮亮精精神神地浇花。当年张婆婆的丈夫一样是得了癌症死的，联想到当时的惨状，她很有些不忍，主动问陈婆婆如果有需要帮忙的地方尽管说。陈婆婆笑着说，没得事，没得事。

袁爷爷过不久就去世了，悄无声息，到死都没听见过他呻吟。他们照惯例用门板在院子里搭了个棚守了一夜，第二天就拉去烧了埋了。

有天张婆婆听见陈婆婆在院子里忙活，近前一看，她正在烧老伴的遗物，化纤衣服烧了之后变成黑色絮状物，和纸灰一起飞起来，落了好多在陈婆婆头上。张婆婆有一搭无一搭地说着话，陈婆婆偶尔应一句，两人在那里蹲了很久。

她们重新一起散步。陈婆婆还是穿得很讲究，还是经常去庙里，张婆婆看上去依然凶凶的，颇多怨气。袁爷爷死后，院子里的花仿佛约好似的一起枯了，只有胭脂粉泛滥，越开越多。这一年，张婆婆的海棠也终于漫不经心地开了几朵。

旋即又是夏天，吃咸菜的季节，张婆婆积蚕豆时特地多备了一碗，想了想，到底没给陈婆婆送去。

2014 年 4 月

# 深夜面条

半夜两点半，房门咣的一声响，灯亮起，惊醒了我的浅睡眠。一个男子粗浊的声音响起："来来来，吃酸辣粉。"隔壁床上的女人咕哝："这么晚了，吃啥子嘛……"言语中带着浓浓的睡意。只听见男子趋前，大约是到了床边，又说："吃一点嘛，吃一点，趁热。"

女人磨蹭着靠了起来，嘴里半怒半嗔地抱怨："哎呀，别个都睡戳球了。"

男声笑道："那你这会儿在说梦话嗦？"

两人声音低下去，嘀咕着关于女人白天所做的检查。男人说，痛不痛吗？女人声音高起来："当然痛撒，不然你龟儿来试哈嘛，保证疼得你惊叫唤！"男人又是嘿嘿一笑，说："你那个病危通知书，把我黑遭了哟。"女人撒娇道："别个又没骗你，白纸黑字写起得，你看嘛。"

她进来的时候，或许因为低着头，且个头不高，并不起眼。仔细看是个圆脸的气质娇俏的丰满妇人。与她一同进来的是另一个较为年轻的女子，满月脸，短额头，皮肤太白以至于五官有些隐没，一面碎碎念着些什么，一面搀扶前一女子在床上歪下，身材扎实浑圆却动作麻利。

以为她们是姐妹，听说话才知是一对母女。母亲生了硬皮病，关节疼痛，手指长了坏疽。不知是着实很困，还是无所事事，那日正好周末，良久无医生来询问，病人与家属便施施然在床上各据一头呼呼大睡。转眼到夜饭时，女儿问母亲想吃什么，两人商量来去，却不见动弹的迹象。我想怕是生病行动不便，顺手从抽屉里找了一叠外送的餐单给她们，两人拿着单子仔仔细细研究，埋怨道："好球贵哟！""扬州炒饭是啥？""不然吃个抄手？"

二人的对话有一句无一句自屏风那边传来，我有些惊异有人不知道扬州炒饭是什么，但又想，平常不去馆子的话，不知道也属平常。女儿似乎对扬州炒饭特别感兴趣，又研究了两三次，终于琢磨不透，点了两份海味抄手做晚饭。

在医院会遇见各种各样的病人，有的吵闹一点，有的安静一点，总归说来，平平常常的人居多，极少遇见特别富有或是有传奇色彩的人物。平常人生病，无非亲戚探望，家人陪护，为昂贵的医药费筹谋，为三餐思量。病得重，难免全家脸上愁云惨雾，轻一点，则一副慵懒茫然的既希望出院又有些不安的模样……这位女病人若有什么特殊，大概在于特别爱笑。

电话从天黑起就没有停过，那带着与年龄不符的娇声叠笑，与其说是开朗，不如说更接近轻佻。加之电话内容中不时传递出"你龟儿要是有良心，就去帮老娘充两百电话费嘛""你都不来看看我嗦，锤子大爷骗你，骗你我就是小狗”“我病惨了，你也不说关心哈，简直没得良心！”如此反复几通电话，几近公放的喇叭透露出那边的男人声音，这边的我和母亲不由得同时皱起眉来。是借口调情，还是当真要钱？隔壁这位给人感觉可不大正经。

女儿间或进出整理点什么，不知何时出门去了，近八点才回来，一屁股坐下呻唤道：“妈哟，走了好远才给你充了话费，转来才发现我走绕了的嘛，朝另一个方向直直过去就对了，偏生憨戳戳地要去绕个大圈圈。好热哟，我想洗个冷水脚。”

“这个天气，还是洗热水嘛。”当妈的慢条斯理回了一句。

“要得嘛。”女儿不再坚持，听动静，大约去打水来洗，两母女声音低了些，亲亲热热地聊着天。

女儿叫珍珍，珠圆玉润的模样，说起话来心直口快，与母亲相处极随意，时而大呼小叫，时而怒骂调侃，一会子说她母亲尽是躺着一点不舍得动，一会子又呵斥她不准去抠手头的疮疤，看起来年纪不大，却是极有主意的小大人模样。语气重了，她母亲也不说什么，嘻嘻哈哈糊弄过去。母女俩“龟儿老子瓜娃子”地你一言我一语，并无平常母女的规矩。

我不由得说，您女儿说话真好玩，可是又长得像个娃娃。

二十五咯。你看着她小，少得你精灵（意思非常聪明）。她咯咯笑说。

我不服气，想，那还不知道扬州炒饭是什么。

其实智商不等同于见识，我是带着些先入为主的偏见，先就疑心隔壁二位不是什么正经人物，所以对她的话只是淡淡一笑，没接下去。

女人十分健谈，打开了话匣子便收不住。她自称生病了一年多，之前在省医院看过，平素是在火车北站附近做服务行业云云，这和我的猜测比较贴近。听她的言谈透露，像是在宾馆里打扫卫生做做清洁之类，因从年纪判断不会是前台。宾馆服务业原本有些暧昧，再想起她先前打的电话，便生出点嫌恶，见我不怎么答话，她才收了尾，也不灰心，兴致勃勃地回到她的电话事业上去。

次日下午，珍珍进来，笑说："妈，你得了一张病危通知书哟，意思是不是要挂各咯（要死了）？""挂锤子哟，老娘好不生生的，你娃咒你妈，小心遭雷劈哈。"女人道，还是那样不带正经的口吻。

"当真的，你看嘛，医生发的病危通知书，还喊我不要给你看，说怕你受不了。"珍珍坐到床上，将条子递给她妈，"我看你娃活蹦乱跳好得很，他们是不是搞错了哟。"语气却不是没有忧愁。

"哎！拿给我拿给我，我黑他们龟儿些一哈，嘿嘿嘿。"女人又是一连串笑，仿佛得到了什么好物件要炫耀，当即给条子拍了个照传到网上，母女俩没事儿人一样在床上笑成一团。

笑过，珍珍说："不给爸爸打个电话吗？"

"你打撒。"女人道。

"嘿！你还怪耶，你的老公你不打，他又不是我老公。"珍珍说。

"要得，那我一会儿就打。"女人敷衍着，低头看手机，咯咯笑，想必看见了谁的回复。她赶紧送到珍珍眼前，说："我就晓得有些瓜娃子要遭黑斗的嘛，嘻嘻嘻，吓不死你个瓜娃子。”

“他说了啥子嘛？喊他来看你撒。”

“他问我这个通知书是真的假的哟，喊我莫黑他，嘻嘻，电话打过来了。”

“喂——”懒洋洋娇滴滴的开场，我知道又要听到一次腻腻歪歪的调情，赶紧将头埋到书里去，但那声音频频不绝传来，她笑着告诉男人，她病了要死了，男人不信，她说不信你自己来看嘛，随即又报了房间号病床号。不知那男人来不来。她总在打电话，也听不出那边厢到底是一位还是几位。

一天凌晨，门突然开了，我以为是护士，看看时间，却不到六点。紧接着听到一个男人声音，叫珍珍起来吃面，珍珍说不吃，他就和床上的女人稀里呼噜地吃着，不时又喊一下珍珍，珍珍还在睡梦中，根本不愿起来。

那男人吃罢自言自语了一句：“十块钱一碗呢，不吃可惜了。”

女人说：“你吃撒。”

他说：“我哪吃得下这个多？”语气闷闷的。

女人嗔怪：“哪个喊你这么早来嘛，哪个这么早就吃早饭撒？”

虽是如此说着，却也欢欢喜喜地吃了男人带来的早餐，吃罢重新睡下，催促他：“你走嘛，要交班的嘛。”男的没动，在帮她掖被子，犹犹豫豫地说：“到底是啥子病哦？”女人说：“说了你娃也不懂。”

男人说：“我晓得一哈总可以撒。”

女人说：“绝症！”

男人说："啥子绝症嘛，又球不说清楚。"

女人逐客道："哎呀快走快走，莫要迟到了，改天再说。不要再囊个早了哈。"

男人走了，女人还在喊珍珍："牛肉面哟，十块钱一碗的，很好吃哟。吃不吃？"

同屋的时间久一些，陆续了解到更多，因为并不打听，其间混淆着猜测。女人籍贯资阳，有一子一夫在老家，儿子尚在念中学，男人做什么少有提起。听说房子是两层小楼，想来即便务农，条件也比较过得去。珍珍已经结婚，生了男孩，与丈夫在附近某郊县开网吧，珍珍将"二"字说不好，因此她提起丈夫时，口音含糊，像是说"恁娃"。

多有两日就看出来，虽然珍珍矮胖，喜欢躺着，但动起来行如疾风，为了给她妈妈买一套价格实惠的厚睡衣足足走了两小时，并且真的买得价廉物美。她每天带回来的盒饭也蛮香。我逐渐认同了她母亲说她"精灵"这个评价，珍珍很有生活智慧。别看她对母亲大呼小叫，耐心却是足足的，洗脸水洗脚水伺候周到不说，每日大半天各种排队检查，站酸了腿回来又立即奔出去买饭，且不忘叮嘱她母亲一日三四次涂抹各种药膏，事无巨细，井井有条。我饭后小范围活动，见她瘫坐在门边椅子上，短裤腿下黑丝袜挽得老高，露出健硕的肥白小腿，趿拉着一双凉拖鞋。

我说："你身体真好呀。"

她神情竟有点羞涩，头一次显出了斯文，说："我就是个火体子，走一会儿就热得遭不住，要洗冷水脚。”

“夜宵男人”来了，这次是深夜十一二点，打电话问她们想吃什么，珍珍还在玩手机，说要吃炒河粉，一会儿又说反正要辣的，酸辣粉也行。女人说不想吃，推了几遍，还是说不吃。

男人来了，没听得珍珍称呼他什么，反正是熟识的。他问女人，病危通知书是怎么回事？病情又是怎么回事？女人说，还在做检查，不晓得嘛。又说，我死了与你有什么相干，你问那么多做啥子？语气里面，得意又甜蜜，像恋爱中的青春期女孩，与情人说着反话，因为想听到更暖心的回答。

男人声音更低了，不知说什么，她照旧咯咯笑，叫他快滚。

男人说：“好嘛，那我改天再来。”

女人嗔道：“哪个要你来，随便你来不来，要是我死了才好，你也就不必麻烦了！”

男人啐声：“瞎说！”

“哎哟哎哟！莫揪我脸。”女人叫唤。

“胖了哟。”男的说。

“是肿了！”女人强调，“快切嘛，莫迟了。”

此后每天夜里，女人都要等着男人到来，她久久地玩着手机，不关床头灯，直到男人来过了，说几句话，或是一起吃点什么，又走了，这才放放心心睡过下半夜，搞得我随时仿佛在等着她的电话响起。

白天她无聊时，依然拿着那张病危通知书到处恐吓，常有人大惊小怪地关心她，却是只说些不痛不痒的过耳即忘的废话，并没见有别的人来探望。两母女依旧风风火火按照医生的安排做着各种检查，逐一得出病情的具体情况，有日医生来告知，让她最好吃一种不能报销的进口药。三个月得五六万，请她郑重考虑。

我因病得久，知道拖延无好处，也劝她试试。她显然为钱有些头疼，同时被自己的病惊了一跳，这才往家里打了个长电话，大致说了说情况，次日她的姊妹和一个长辈模样像她父亲的老男人就来了。一屋人一色一样的聒噪，虽有点苦和为难，并不十分沉重，还是笑着，那笑声高潮迭起，扰得人整个下午都不能休息。我心想，倒是一家子心宽的人。

大概医药费商量得出了结果，家人晚上散去。女人继续打着各种电话，宣扬她得了绝症，需要巨额医药费，叫电话那头那些“龟儿子”“瓜娃子”们说话算数，记得来买单。当然最终无非是一场漫长而没有意义的瞎侃，那些男人，一听就是游手好闲偷奸耍滑之辈，说些占便宜的话，最后不了了之地结了尾。

这边我们也因医疗费用高昂而感受到些许经济压力，商议着是不是催一些先前借出去的款子，母亲说尽是些不想还钱的人，明知我们这时用钱，倒好，干脆不闻不问。隔壁女人耳朵可尖，立即搭茬道：“就是说呀，不还钱总该有句话，我们那些朋友，见我发个病危通知书，哪个不是黑遭了，赶紧打电话来关心……你没得钱，有句话总好些撒。”

我妈冲我翻了一记白眼，露出了对方不知所谓的表情。我顾不上许多，忙着编几条催债的短信（真不知道，我竟然很能一本正经地谈钱）。那女人自说自话扯远去，说自己没生病时与女儿出门，常被人误作两姐妹。又说自己平素像我母亲一样挺讲究的，好几次坐公交车都有人主动帮她刷卡。她问人家为啥呢，人家就说因她长得像自己的某位朋友。

夜间常来的那个男人，似乎是专门开夜班计程车，在火车北站附近拉客，因而来的时间总是很晚或者很早。有一次我听见珍珍叫他叔叔。又有一次，珍珍夜里没有陪护，那男人夜半来了，也带了消夜，吃得稀里呼噜，在床头腻着说了好一会儿才走。

习惯了女人带着轻浮意味的笑声之后，我开始慢慢接受，甚至并不讨厌。她病得不轻，可每日仍和女儿走着去做检查，回来会抱怨等得太久，太热，但总是笑着，没有真正因此坏了心情。珍珍叫母亲给爸爸打电话，她仍旧推三阻四，不过还是打了两三次回家，家中人纷纷表态，就算借钱也要治病，让她放宽心。她说起来，也说弟媳妇好，小妹夫好，儿子有孝心……却不大提自己的丈夫。只有一天，她终于打了电话给丈夫，没说几句就挂线了，气鼓鼓地闷了整个下午。

“喊我回去做啥子？我现在这样不能服侍他，还能指望他服侍我吗？

“脾气又坏，总是那样，说不到几句就开始吼。

“既希望我找钱，又巴不得我天天在家洗衣做饭，可不可能嘛。我回去，就他卖菜那点儿钱够啥子？”

她和女儿说着。

如果女人的确是某宾馆的服务员，那个常来的男人，该是偶尔留宿时有过露水情缘的客人。在外漂泊打工，难耐寂寞辛苦，寻求慰藉和短暂陪伴，浮沉于世，都是常有的事。女人白天打的那些电话，来来去去总纠结在三两百电话费的磨叽上，然而从不能成功，她显然也不介怀。于是我想，她可能并不真的那么迫切地想要占那份便宜，能占上自然好，若不能，得一些言语上的安慰似乎也知足。她总打给一个喜欢傻笑的男人，并把那声音用扩音器播出来，一面嗔骂道："你笑个球，你个瓜娃儿……"我便想到有人帮她刷公交卡带给她的快活和得意，八毛钱买来的快乐，真的，好像又不是轻浮两个字那样简单。

她自然不是本分的那类女人，可绝算不上风尘中的人物，只是凭着一点微薄姿色和活泼心思，在辛勤打工之余，试图猎获一些走在边缘的快感，玩一些不伤及筋骨的游戏。她可能认为这是一种成功，因此向我们说起那些"朋友"时，总带着自得。我与母亲听着，既有些忍不住的轻视，又有些许怜悯，还有难以言说地感到与我们所处世界如此遥远以至无从评价的啼笑皆非。

她一遍遍怪责那个想来是她情人的男人来得不是时候，我只好说，人家半夜惦记着送吃的来，多不容易。

她头一低，羞涩地笑，说："哎呀！没人喊他来。"

"那谁总在夜里发短信呢？"我心想。

好话易说，行动却难。何况异乡异地的露水情缘，色衰欲弛，抛却道德标准不谈，那个男人，算个有心人。

他检查她做了活检的唇腺伤口，故意说："我还以为切了二两肉呢！这么点点！”

因他总是来，我总是听，从二人话间听出了情谊，心中慢慢没了不齿，反倒觉得有意思。

他认认真真地怀疑着她药的价钱，又拿手机查了，喃喃道：“真的唉……”可是显然帮不上忙，或是没有到要耗巨资去帮忙的程度，只是讷讷地说，“啥子药弄求贵……”

“仙丹。嘿嘿嘿。”女人娇笑，不再提让他按照承诺出一半医药费的话。

两人一时像被意料之外的难关卡住了，都没有往下说。

男人知道女人有了难处，但他也知道自己无法也不会伸手援助。

女人同样知道。这知道与知道之间，就有了一点遗憾、伤感、尴尬和自嘲。

毕竟，只是一碗深夜面条的情谊。

此时又是夜深，女人的电话如约响起，男人的大嗓门在那边问：“今晚想吃什么吗？”

女人说：“不吃了。睡了。”

男人说：“真的不吃啊？”

女人娇懒地答道：“嗯。”

男人又说了一句什么，不知是说要来，还是不来，女人再次嗯一声，挂了线。

2015 年 2 月

# 回乡记

农家菜普遍很咸，有大量淀粉类食材，诸如土豆、芋头、地瓜等，那次去吃的那餐也一样。新开的馆子，门前木架上吊着熏黑的腊肉和结了盐霜的腊排，几排篮子摆开各种时蔬野菜，大堂里数张矮桌和草墩。他们为了迁就我，特地坐到最里面不必弓腰屈腿的高桌上，桌面有双份扣肉、粉蒸肉、小炒肉、凉拌折耳根、茼蒿菜、薄荷叶炸牛干巴、酸菜红豆焖猪蹄，一大盅土鸡汤浮着黄澄澄亮汪汪的油。

猜想是谁又赢钱了，一顿午间便餐往死里吃。他们说，叶师傅结婚请酒。我说，真的哇？大家都笑。叶师傅一向风流，好这一杯，想来是他们调侃。他们却说，真的，找了个云南婆娘，这几天甜蜜得很。各人拿起筷子不客气地夹菜吃肉，但叶师傅并没在席间。

“别个喊你安排，你就点这么多菜，当真要让叶师傅大出血啊。”老赵说着，往嘴里送了一块刚端上桌的栗子红烧肉，一面吧嗒嘴道，“唔，这家菜不错，味道和分量都可以。”

“是撒，正因为是帮人安排，咋能寒酸，吃！吃！”裴二娃道。

"叶师傅不来？我们就开吃了是不是不好哦？"我问。

"有啥子不好嘛，你看，我吃两块，再给它搞整一下，就跟没动一样嘛。"陈三哥把面前那盘牛干巴薅刨了两筷子，看起来的确不显少。

"你不是饿了吗？快吃快吃。"裴二娃说。他们又纷纷拿起筷子吃各自面前的菜，杨小拿起手机打电话给叶师傅："喂，爱哥，还在亲热啥子嘛（众人笑），赶紧，吃完回去接着亲热。"

"快了，在等他婆娘弄头发。"杨小笑嘻嘻地跟我们说。

"爱哥"是叶师傅的花名，因为他喜欢"耍爱情"。

我跟着笑了一下，吃了个栗子，果然又粉又糯，入了肉味儿，非常滋润。十二点半，大堂里用餐的客人慢慢多起来，不多一会儿，已经没了空位。这一带许多馆子，花儿似的不停开张，红火一阵，又渐次衰弱萧条下去，没几间开不败的常青树。说来饮食业真是这样，走大运的时候任谁吃着都要叫个好，运势去了，门庭冷落，难得招徕点生意上门，恐怕又样样不合主顾的心意。厨师没有换，菜品没有换，地方也没有换，只是运势去了。

吃了栗子，又尝尝粉蒸肉下面的芋头，很好吃。只吃过地瓜垫底，原来芋头同样不错。正在想着如果叶师傅再不来，大家都要吃饱了，却见他已走到近前，身后跟着个高挑的长发女人，逆光里身材轮廓不错。裴二娃捅了捅老赵，说，坐过去点，位置都不给主人家留，简直没素质。老赵说，你咋不挪呢。说着把自己的板凳往里紧了紧，大家依序一一紧了紧。

陈三哥笑道："爱哥，你真是有本事哦，快点介绍一下咯。"

叶师傅露出他一贯害羞又得意的笑容，用手肘捅了捅身边的女子说："自我介绍。"那女子说普通话，带着浓浓的地方口音，她说，叫我某某就可以了……我们坐了正对面。她的脸经过修饰，仍看得出年龄在四十岁上下，高鼻梁，尖下巴，黑皮肤。文过的蓝黑色眼线斜着往上吊，眉间轮廓很硬，使得她看起来有点像男人。

大家背地里都说叶师娘长得吓人，有人说，不晓得还以为从泰国来的。又有人说，那么黑，晚上关了灯爱哥怕是找不到她哦。他们说些荤的素的玩笑话，末了兜回来，叹道，叶师傅光棍一条，还有那么重的家庭负担，肯跟着他不错了。

叶师傅的儿子去年结婚生孩子，他每个月补贴他们两千块钱。为此连牌都不敢多玩，头天感冒挂着吊针，第二天安排他出车，也照常去了。有次摔伤了腿，走路一瘸一拐，医生说起码要养一个月，他一天没休息，包了点药继续出工。

叶师傅明年五十五岁，到了退休年纪，打算干到这年春节过后就回老家。他心里挂着一桩事：想跟原先的婆娘和好，就是他孩子的妈。当年叶师傅开货车跑长途，经常半个月回家一次，朋友们开玩笑说他咋舍得把那么漂亮个婆娘搁在冷炕头，叶师傅只是笑，没想到那是善意的提醒。叶师娘出轨的事好多人都知道了，最后叶师傅只能是假装不知，但她竟然提出要跟他离婚。她真以为二楼那个汪老幺能对她好？叶师傅气得打摆子，把婆娘揍了一顿又一顿，也冲下楼去擂过汪老幺几锤子，那段时间汪老幺简直不敢在家住。可是女人变了节，就像吃了秤砣铁了心，再怎样都留不住了。叶师娘不愿意跟他同床，也不吃饭，鼻青脸肿地在椅子上歪着就是一天。他们离婚那年叶小飞才七岁，女人净身出户，把儿子甩给叶师傅，奔着她的“爱情”去了。

自此叶师傅没有再结婚，谈了一个又一个朋友，不知怎么，总提不到结婚的份上。老派人慢慢觉得叶师傅作风不好，走马灯似的换女人，他们说他在外跑车时经常勾搭那些搭车的妇女，还有人说他每到一个地方都不会住旅馆，而是直接去按摩店找小姐。有时叶师傅在楼下诊所输液，就有人嘀咕，怕不是得了性病哦。

叶师娘和叶师傅离婚后，在原来的地方待不住了，收拾行李跟汪老幺另外租了个房，这对狗男女吵起来闹得一栋楼天翻地覆，不多久有人看见叶师娘买菜，脸上却是挂着伤。她说是不小心撞的，任谁都看得出来是男人捶的。他们说，活该遭捶，捶少了。

叶师傅知道叶师娘过得不好，心中不是滋味。他不希望她过得好，可那些话，那些外人赤裸裸的讥讽一旦真正传进他的耳朵，又是十分难堪。他心想，你要去，留你留不住，说什么都不听，这下舒坦了！叶师傅跟汪老幺打过几次交道，知道他不是个东西，有次看门的孤寡老人安婆婆死了，邻居们自发开会商量出钱给办后事，汪老幺说他肚子痛去拉屎，一去就没回来，好几天没见人。叶师娘跟了这种人能有什么好？头发梳得光溜有球用。

非常婉转地，叶师傅向人透露过，如果叶师娘后悔了，愿意回来，他肯。儿子还这么小，家里没个女人不像话，又有哪个女人比得上孩子亲妈。坐在黑黢黢的屋子里，一股袜子的臭味，叶师傅自己都闻不下去，冷锅冷灶冷铺盖，他不记得多久没开火。叶小飞每天在奶奶家吃饭，叶师傅到处打游击吃快餐，天黑了也不想回家，在街上漫无目的地走着，走累了，无聊了，随便钻进一间亮着粉红灯光的按摩小店。露水相逢之后，叶师傅无一例外地想起前妻的好处，她多能干啊，家里总打扫得透亮透亮的，他的衬衫和手套比谁的都白，每次出车回家，总有最爱的卤猪蹄和酒等着。前妻确实漂亮，还记得媒人介绍他们见面时，她穿了条碎花的连衣裙，紧绷绷的胸脯像吸铁石那样牢牢拽着他的眼睛。叶师傅颓然坐着，想到后来，要不是他坚持开货车挣钱比较多，要是听她的话在客运公司开短途，每天都能回家，她就不会耐不住寂寞了。

唉，也是自己不好啊。叶师傅想。

总有一天，她会回来吧？叶师傅想。女人嘛。

这些话他不敢向外人说，戴了绿帽子够丢脸，哪还能求着她回来。人家说叶师娘嘴很硬，踏出家门就不会回了，叶师傅自然没法再进一步表态。这么巴掌大的县城，他们没遇见过，可能她刻意躲着他吧。小飞说妈妈去学校看他，给他买零食，但他不理她。小飞是个机灵鬼，不见得能分对错，却知道左右逢源，爸妈都讨好。爸妈离婚了，他在奶奶家吃饭还自由些，奶奶啥不听他的。现在爸妈都给零用钱，他甚至觉得爸妈离婚真好，他真幸福。

叶小飞的幸福日子过了半年，奶奶脑出血去世，他只能回家跟他爸过。那段时间谁看到叶师傅都看出他额头的一团黑云，又有人提，要不还是给孩子寻个妈吧？叶师傅不说行，也不说不行，等见了面，交往一段，仍无疾而终。慢慢再没人肯给介绍，叶师傅不踏实的名声逐日在外，这个大家眼中勤劳踏实的男人，开始变得有些形象复杂，素日为人称道的开朗健谈，也成了轻浮风流的代名词。

要上工了，无法可想之下，叶师傅硬着头皮在菜市场“巧遇”前妻，对方知道家中变故，问候了一句。叶师傅说要是方便的话能不能管一下孩子，他会付生活费。“放心，是暂时的，等工作安顿好我就接他回来。”叶师傅赶紧声明。前妻答应了。那时她已经从跟汪老幺同居的房子里搬了出来，她想结婚，汪老幺不干，她走了呢，汪老幺又三天两头去缠……这些是听小飞说的。

叶师傅心里又有了点希望。出车回城，买了大包小包水果饼干，借口看儿子，其实想看前妻还有没有那个心。可是只要他一去，她就把儿子叫出来，让跟他爸去下馆子吃顿好的。叶师傅说，一起去吧。她说不了，中午还有剩饭。转身进去关了门。

如此好些年过去了，叶师傅的工作非但没有往回调，反而越找越远。日子没盼头。叶师傅和同事们在同一片城中村租房住，因为正在陆续拆迁，到处都是瓦砾和垃圾堆。菜市场拆了一半，摊贩直接将蔬菜和肉堆到门口，一溜排开的还有卖簸箕、扫帚、鸡毛掸子的，卖水果的，卖小孩玩具的。游手好闲的人很多，看见谁脖子上有金链子，猛地抓了就开跑，女人的尖叫在市井杂声里很快被淹没。叶师傅住的那幢楼也被小偷光顾过，虽然没啥可偷的，但男人们出车去了，经常只有女人孩子在家，太不安全。他们和房东商量再安一扇防盗门，房东不同意，说已经要拆了，凑合用着吧。

这里的一切都是临时的、凑合的。从旧货市场淘来的床和衣柜、热水器和梳妆台、单眼灶的煤气炉子、吃饭用的小方桌。楼上楼下住了七八个同事，只有裴二娃一家子有一张圆桌面，平时不用就立在过道里，谁家多做了几个菜，就把圆桌面给抬过去，上上下下的人也跟着过去。碗筷不够各家凑，吃饭时和乐融融，在外谋生的人们对生活有着极其宽厚的接受力。同事里，有些是夫妻，在外打工攒钱供孩子念大学；有些则老婆在老家带孩子，自己出来挣生活。单身汉大多有一两个相好，大家见惯不惊，女人们来了又去，都是临时组合。

新的叶师娘是个寡妇，没有孩子，男人几年前死在矿上，自己南下做起了皮肉生意，来来回回搭的正是叶师傅所开的长途车。这位模样虽糙些，倒是个仔细人，多少年了，叶师傅又过上衬衣领子雪白的日子，脚伸出来锃亮的一双新皮鞋，人家说，哟——爱哥，小日子过得滋润哦！他暧昧地笑着，有股子甜意从心底浸上喉头。这些年在外胡乱结交了不少女人，难得不用花钱还称心，若不是惦记着回老家，现在这生活是很可以过的。

有人劝他，干脆“嫁”在云南得了。叶师傅笑而不语，他骨子里传统，在外漂泊大半生，总想着落叶归根回家抱孙子。最现实的问题是，这里没有亲戚朋友，退休了连养活自己都困难。在老家，他早想好了退路，五十五岁退休，回去可以开十年公交车，再往后靠退休金生活是没问题的。开公交车不辛苦，人老了，就要像个老年人的样子，喝喝茶，钓钓鱼，打打小牌，还能帮儿子带带孙子。叶小飞平常在赌场帮人看场子，收入不稳定，他回去跟他们住，还能补贴他们的生活，不至于被嫌弃。说到自己的晚年，叶师傅喜形于色，“回乡”二字仿佛天堂。他一早计划好了，这年春节不回家，趁春运铆足了劲多跑几趟车多存点钱，然后将儿子媳妇孙子叫来云南玩玩，在这个旅游大省待了好多年，竟然没有正经走耍过，这次出去一定要多拍点照片，回去也好给朋友亲戚们看看。人嘛，活一辈子，就是活个面子。

不知道叶师娘对叶师傅的计划知道多少，他们聊天说得太快，夹杂颇多土语，她常常不能立时领会，又不喜追问。叶师傅打牌，她就在旁边的凳子上坐着看，一副顺从的神情，半句多话没有。叶师娘，麻烦你去换个钱；叶师娘，帮个忙可以不，买包烟……他们使唤着她，她也乐于被使唤，仿佛借此得到了一种肯定。他们尽管没有拿证，在一起久了，大家为了表示尊重，区别于那些闲花野草，从称呼上给正了名。

正式搬进叶师傅租屋，也就是在农家菜馆请客那天，叶师娘把房子里原来的两双拖鞋扔了，自己去超市买了两双新的回来，次日又高高兴兴地换了新的被套枕头。随着时间流逝，她开始与相邻的叶师傅的同事家属约着去菜市、去逛街，和她们一起做包子、擀面条、泡咸菜，学习着好多原来不会的手艺。

婆娘们对她评价不错——只是不太会说话。有人说自己今年胖了，衣服穿着紧，她在旁端详，“唔，是有点胖”。有人还想生二胎，她说，“这个年纪……怕是生不出来了吧……”很认真地替人为难着。

叶师娘，你好歹也给叶师傅生一个嘛！女人们这么问她。

“我还是想的。”她说。这下她又不为难了，害羞地笑着，无端端显出哭相。她们私下里说叶师娘面相不好，颧骨高，脸上无肉，是没福气的象征。“有福气男人就不会死了。”有人叹道，“也是苦命人啊，连娃都没有。”

一年的时间过得很快。我见过叶师娘几次，都是在饭局上。老赵的幺儿周岁请客，两口子很快喝高了，叶师娘抱着胖娃“哦咦——哦咦——”哄个不停，孩子眼睛咕噜噜盯着她转，冲她直笑。在一群油光水滑的面孔中间，叶师娘皮肤特别黑，轮廓特别硬，她抱孩子的姿势是笨拙的，哄孩子的神情却很认真，叶师傅喝多了，轻一下重一下拍她的肩头，她也不恼。

云南人心眼实。发现这人确实是安安心心和叶师傅过日子之后，婆娘们反而不好经常和叶师娘开玩笑，未来的事谁说得准呢？叶师傅的前妻她们大多认得，和汪老幺搅缠几年，好像透支完了所有生命力，再没有什么风流韵事。据说她气色变得晦暗，衣着不再潮流，挎上小腰包开始了每天在短途客车上售票的风尘仆仆的生活，仍旧独身，有了许多白头发。

“老咯。”

“能不老吗？都抱孙子了。”

有一两位和从前那位叶师娘有点私交，偶尔带来她的消息，私下里谈论：这两人最后还是得撮拢吧，别计较了，看在儿孙的分上，把一家人还原成一家人。这么一想，她们对眼前这位叶师娘就更亲切和善，提及她时的评价也更好更宽容，齐齐设了个骗局似的于心不安。

叶师傅跟叶师娘提起春节后要接孩子到云南旅游的事，叶师娘说：“好是好，就是咱这屋子太小，怕他们住不舒服。”叶师傅说：“住旅馆嘛，花不了多少钱。”她心里迅速列了张吃住清单：还是要花些钱，不能住得太凑合，要住得好，她在他家人面前才能站得住脚。叶师傅不定期给她钱，三五百，打牌赢了就拿一千，尽管叶师娘没有固定收入，平日给叶师傅张罗衣服鞋袜，人情往来，不免自己拿钱贴，但女主人的架子还是足的。和叶师傅相好一年多了，她习惯他们叫她叶师娘，习惯他们刻薄而没有恶意的玩笑话，她也觉得这日子很可以过。在她老家，云南省西南地区某个穷困落后的山村里，一个女人死了男人又没有孩子，几乎没有活下去的理由。

叶师娘不说想跟叶师傅回去过的话，只是用她不标准的普通话，瓮声瓮气问道：“她也来吗？”

“哪个？”叶师傅问过立刻会意，说，“你想些啥子，就算要来也没得啥。”

唉——叶师娘为自己的多心脸红了，头随即低下去。四十岁的女人脸红，尤其皮肤还很黑，好比老腊肉里拌白糖，味道实在不咋地。叶师傅好笑地看着她，嘴巴咧了咧，不知怎的没笑出来，只是揽过她的肩膀摇晃几下：“别乱想，啊？”

当晚叶师傅没牌打，主动提出陪叶师娘出去散步。两人在城中村垃圾堆背后的小店里买了热水袋。叶师傅开长途职业病，老喊脊椎疼，眼见着深冬了，叶师娘说，明天你出去就是晚班，经过加油站时装点开水，把它放在腰后面靠着，热敷着，没那么疼。叶师傅应道："哎。"

叶师娘和从前的叶师娘见面，是在我们第一次见面时吃饭的那间农家菜馆。青苍苍白惨惨的冷天，不是吃饭的点儿，这一带的馆子纷纷耷拉着门脸，灰不拉几熊在路旁。大家没有多做选择，走进大堂最中间的大桌坐下，二十八岁的叶小飞长成了一米八高，深眼眶高鼻梁，脸上隐隐透着凶光的年轻男子。坐在他身边的女人，卷曲齐耳短发，眼皮肿胀，宽鼻头，下唇努着，僵硬整张脸，是叶师傅的前妻。另一边是瘦削白净略显斯文的叶师傅的弟弟，正在调整面部表情。

同桌的还有我、裴二娃、康经理、康经理的太太以及叶师娘。大家艰难地组织着词语，如临大敌。

"这种事情，大家都没想到，既然发生了，你们不要太难过，想开点。"康经理的太太先开口。

"龟儿人啊，真正没想头，前天还一起打牌。"裴二娃摆摆头，摸出烟向男士们逐一分发过去。

"想开？！咋想得开？我好生生的老汉儿，给你们开车开死了……"叶小飞拍了一下桌子，声音哽咽。

“先去现场的同事说，是他速度太快，路面有冰，没刹住，就翻车了。”康经理说，“先前还有个同路的旅游车师傅跟老叶打招呼，说你要慢点哦，不要跑到货车前面去。结果他还是去了。”

“鬼颠的！”裴二娃啐道，“你们想嘛，那么滑的路，重型货车轧过之后，路面留下些辙子，才不得打滑撒。老叶这么多年的经验了，怎么也不该犯这种错误啊。”

“太惨了。我看了照片。”康太太说，“说实话，老叶的情况算好的，你们是没看见，那个车烂成啥样，同车的另一个司机小周，不晓得是怎么碾的，拼都拼不全了，周身剩下一小截。”

“对了，小周的家属今天到不到？”赵经理问我。

“明天。”我说，“他们家在农村，出来一趟周折得很。”

“唔。”康经理点头。这时陆续上菜，天阴人霉，连菜色都难看，一盆盆跟潲水中捞出来的差不多，看不清炒的煮的劳什子。好在没人注意饭菜如何，裴二娃叫人上了饭，挨着一碗碗给添上，勉强动了两筷子，谁都提不起吃兴。我坐在叶妈妈旁边，她布满细纹的青筋凸起的右手不住发抖，不忍直视。

“咳咳。”叶师傅的弟弟叶二叔清了清嗓子，直入主题道，“我们什么时候去现场？坐什么车？”

“下午5点有一班公司的车，已经说好了，到时候你们坐那个。晚上12点能到。”康经理说。

“哪些跟我们一起？要有个讲话有作用的人去才行。”叶二叔道。

康经理看了眼坐在角落没发言的叶师娘，说：“裴师傅和……她会跟你们一起去。不要担心，有啥事就给我打电话，我都交代好了。”

“哼，交代有球用，话说得好听，要是没人管我们找谁？”叶小飞说。

“小叶，我理解你的心情，但是我们公司出了事，你父亲开着车，除了司机，还有乘客伤亡，这些都要人解决的，该负的责任是跑不脱的。”康经理有意无意地敲打两句，表明叶师傅有错在先，叶家人应该识时务。叶小飞是个愣头青，筷子啪地一拍立起身来，说:“按你的意思，还要把我老汉儿从棺材里拉出来判刑？父债子还，老子今天把话撂这儿，要钱没有要命一条。”

“喊啥子喊啥子？你给我坐下。”坐在我身边的女人总算发了话，一把将儿子拉下来。她沉吟片刻，直愣愣盯着眼前的碗，道:“按说，我早就跟老叶离婚了，他的事轮不着我管。不过我是他儿子的妈，这事情一辈子都改不了，所以我还是来了。老叶干这一行，高危职业，出事故是难免的，这我们晓得，怪不着谁。我们来，第一，是想把老叶领回家；第二，希望得到一个合理赔偿。不怕你们笑，我没把娃儿教育好，你们看到了，他这样子，不争气，快三十岁的人了，还要他爸给生活费，现在老叶不在了，他们一家三口生活没着落，孩子要吃饭……总之希望你们优先考虑考虑。”说罢转头又轻声斥责儿子，“说了多少次，你这脾气，要改，冲动解决不了问题。”

“没事，真的，我们心里也很过意不去。”康太太连忙打圆场，“老叶是个好人，平常连请假都很少，眼看要退休了，出这事，谁都难过。我总想起他笑眯眯地跟我打招呼，多和气的人啊。唉！”说着擦了擦眼角，裴二娃接过话茬：“嫂子，你就放心，我跟你们一起去。你晓得，我和老叶认识三十来年了，难道还有二话说？出多少力都是该的，我还会坑你们？老叶先前欠我四千块钱，都算了。算了，不提了，人没了，钱有啥用，嗨——”

“那就这样吧。去之前，你们把我哥的劳务合同给我看看，相关保险福利之类的，具体情况我们过去不了解，先看看，至于赔偿，按照法律规定来吧，我们也不是不讲理的人，该怎么就怎么……”叶二叔道。

“你。”叶小飞他妈想起来似的，冲桌子对面的叶师娘喊了声，问道，“老叶有没有存折银行卡放在你那里？有的话也拿出来，遗产是他儿子的。”

“啊？没得，没得。”叶师娘显然没料到这一着，双手齐齐摆动，还是那口皱皱巴巴的普通话。我看见裴二娃努力克制着不发火的神态，赶紧拉了叶妈妈的手臂悄声说几句。

“叶师傅才和她过几天日子，咋能给她存折？您这是急糊涂了呀。”我说，“她脑子不太灵光，这个大家都知道，叶师傅不可能交给她管。”

真话是，叶师傅除了平日吃喝用度和汇给儿子的两千块钱，根本没有积余。要是输了小钱，还得在公司预支工资或者向同事借点来周济。

叶妈妈将信将疑地审视了叶师娘几眼，大抵也觉得自己唐突，努努嘴唇，不情愿地收了口。

对面的叶师娘，在背向大门的黑暗里，做错事情一般，将头深深低了下去。那张本就黑黢黢的脸，此刻更一团模糊，无边无际地混沌了。我望着她，不知怎的，很想流眼泪。

傍晚他们上了去现场的车，裴二娃一路做安抚工作，好话歹话半红半白，头头是道地分析利弊，目的是将善后工作以最好的条件处理。他们迟迟疑疑地，倒也冷静下来。据说叶师娘一直跟在后面，不说话，也不争。她没名分，争亦是无用，其实根本不必去，可是她坚持要去。

叶师傅的遗体尚且完整，脸色甚至比平常还好些，他穿着出门时叶师娘给打理的黑色夹袄和绒裤，躺在冰棺里，身子特别短，好像忽然缩了，令人费解。她看见他的鞋还好好地穿着，想脱下来看看他的脚还在不在，又想掰开他的眼皮看看眼珠子。就这么死了，难道是真的？

应该是真的。毕竟，她不是第一次经历这样的事了。

最后谈妥的赔偿是五十万，叶师傅父母已逝，无妻，儿子早成年，没有赡养人口，自己也面临退休，按照规定赔不多。

“难道我不是他的赡养人口吗？我儿子不是吗？我爸从这里辞职回去还可以开十年公交车，收入起码四十万，十年后还可以给我们带孩子，减轻我们的生活负担。这些都应该算在赔偿里。”叶小飞情绪激动地争着，他叔叔使劲照他脑袋上拍了一巴掌，说：“你狗日的三十岁了，还是赡养人口？有没得文化？！说出来都不怕丢人！”

裴二娃回来说起这些，哼哧一口痰吐出去老远：“原来靠爸，现在爸死了，我看他靠锤子。”

“老叶这辈子当真不值，没过过好日子，没有家庭温暖，没享过一天儿孙福。”他们说。

“说不定这么死了也好，免得老了回去还要受气，赚不到钱了，还指望得到谁的尊敬？就现在还靠他养着，他儿子都没个好脸色。”他们说。

“那孩子不算很坏啦，主动提出要给叶师娘一万块钱，说感谢她跟他爸做伴了这么一阵。不过因为赔偿没全部下来，就先拿了两千，说了回去给她打八千到卡上。”他们说。

“鬼扯！他们说”。

“叶师娘说了啥子喃？”我问。

“能说啥？啥都没说。”他们叹气。

两日过后，叶家人租了车将叶师傅的尸体辗转几千公里运回老家，此举本不明智，尸体已搁置几日，要是路上抖散了腐烂了，可想而知多难看。但他们执意要给老家亲人见见最后一面。

婆娘们怕叶师娘放不开，陪她说了一夜的话。她东一句西一句，有些恍惚，似乎说不上来有多伤心。婆娘们想，这是她的命。说不定啊，没和她好，叶师傅至今还在。

叶师娘要走了，走前请婆娘们吃饭，又是在那个农家菜馆，这一回，谁都没提叶师傅。婆娘们兴起叫了二斤梅子酒，个个喝得脸上红霞飞，借着酒力，竟像姊妹一样亲近，她们纷纷和叶师娘碰杯，说：“亲爱的，以后有空要来看我们哈。”“要得。”叶师娘漫应着，突然没头没尾说了句，“今天是老叶生日呢。”

2014 年 8 月

# 玲　花

## 一

劳务市场旁边是一条美其名曰“护城河”的臭水沟，劳务市场里的人比臭水沟还臭。一些外来寻找就业机会的保姆、泥水匠、电工等，因久久遇不上合适的雇主，在阳光下袒露着油腻的头发和涣散的表情。他们三五成群黑压压地盘踞着，远远看去，这个地方像患了种不断滋生寄生虫的怪病。卖盒饭、炸土豆、凉皮、凉面的流动摊前，贩子婆娘们忙忙碌碌。午间时分，市场与护城河间的绿化带里，散落着用过的纸巾和吃空的一次性饭盒，几个汉子吃饱了就地烤太阳，枕手而眠。

这日从旁经过，钟玲花忍不住又撇嘴：“这么脏，生意居然这么好。”妹妹钟玲惠揶揄道：“干脆你来卖快餐嘛，生意肯定比他们好十倍。”玲花知道这话是逗她，但觉被说中心事，脸上不免飞了两片红，眼睛故意往天空斜睇去：“我疯了没医？放着福不享，来淘这个神。”玲惠一笑，不再接茬。

钟玲花这个人什么都好，却有两点：第一自恋，第二爱钱。像这会儿，本已从劳务市场门口走过去了，话题也略过了，她还不甘心地嘟囔：“真要是我来做，味道不敢说，卫生肯定是能保证的。”妹夫梁政金在一旁接道：“肯定啊，卫生好！味道也好！大姐做的菜还有啥挑的。就是搁这儿大材小用了。”玲花眉开眼笑，右手直摆：“啥子味道好哟，只能说还过得去，过得去。”梁政金越发来劲：“哪里才只过得去，要在古代，简直可以进京当御厨！”

钟玲惠暗暗拧了丈夫一把，这个死人，明知大姐心头长草，还上来吹这股子邪风，不正给她长了劲儿？玲惠可不支持姐姐发挥余热的念头，前两年好说歹说才让她从老家的技校食堂退休，但她哪里闲得住，一会儿突发奇想要开饭馆，一会儿又想出去做家政、做保姆，也真去干过几次，无一不是两三个月就撤了回来。问她为啥不做了，她也说不好，只道不习惯，老板倒随和，对她也满意。玲惠知道，总不过是体力不济，又爱面子，不好说罢了。

厨师好比歌唱家，有的人年轻时唱得好，老来嗓子也不会变多少，譬如郭兰英，满头白发歌声还那么动听。可有的人架不住岁月更迭，竟像把不住的缰绳，不由自主往末梢滑去。一滑不要紧，关键以为自己还在原地，还在那儿高瞻远瞩呢，可惜情势早就非她所想。

玲花今年五十三岁，正在女人衰退得厉害的年纪。玲惠过去觉得大姐做菜最好吃，红烧鱼，咸烧白、甜烧白，回锅肉，火爆肥肠、火爆腰花，包肉汤、酥肉汤、丸子汤，凉拌菜、腌咸菜，清炒、红炒、糖醋炒，没有哪样不让她回味再三。她和梁政金结婚那年，都没钱，找邻居借了几套桌椅，在家门口的街面上开了席。玲花主厨，那道脆皮鱼真是叫人拍案叫绝，酥皮脆骨，炸透的鱼刺嚼起来喷香，最后连盘子都被刮擦得干干净净，人人都说比大酒店还好吃呢。这么多年了，玲惠自视吃过不少好东西，可她仍深深怀念那顿酒席，她和梁政金忙着敬酒，没顾得上捞两筷子，却正因了这蜻蜓点水的朦胧印象，加上邻里乡亲的好评，给它添了太多传奇色彩，在玲惠心里，那就是曾经沧海的海，是翻不过去的一座山。

山还在那里，大姐却下来了。玲惠先以为是自己体热重了，口中无味，后来连丈夫也这么说，儿子甚至悄声央求她："妈，你去炒嘛，你炒好吃。"要替下大姐在厨房里至尊的地位，肯定不能明说，话得往温情上靠："姐，你别累着了，让我来吧……"饶是如此，但凡玲花来家的时候，大部分还是她做，因为她热爱，她主动，她在厨房里能够找到指点江山的权威感，她喜欢往玲惠的冰箱里塞满各种她熬的香油、制的酱料、腌的豆豉咸菜，且苦口婆心道："一个家要有这些才像家。"菜做好了，端出来，大家吃了，玲花迟迟不动筷子，笑眯眯地看着他们脸上的表情，像交了作业的小孩，渴望大家的回应。

不夸当然要不得，夸了，玲花照例谦虚。你得越过她的谦虚再往上夸一层，翻跟斗似的，最后变成斗嘴，比赛着翻跟斗，谦虚的人终于败下阵来，勉为其难收下赞美。

"你尽给我戴高帽子嘛，我还不晓得自己几斤几两？我还没老呢。”钟玲花说着，高高兴兴地瞪了妹夫一眼，心里当然无比受用。她这一生，虽只是一介厨娘，在技校食堂干了大半辈子，别说，真有点壮志未酬。

## 二

如果地球是最大的单位，食堂就是这个大单位下面最小的单位，小得就像缸子里的一粒米，不，是像仓库里的一粒米。钟玲花在后厨挥舞锅铲数十年，要说红白案样样不在话下，可她最得意的还得算那道青椒肉丝。天天做这个菜，天天做，按说闭着眼睛都能完成，可捏起一根肉丝尝尝，照样尝完愣住，手里动作不停，思绪却跟灌了火药似的，嗖地从食堂窗口发射出去，翻山越岭，直奔北京首长的后厨。她陶醉地想，就是首长也不能不被这肉丝的香嫩弹滑感动啊。钟玲花这人，文化不高，看过的电影也不多，但一部《食神》不知看了多少遍，电影里落魄的周星驰以一碗蛋炒饭获得“食神”荣誉，钟玲花是深深震动的。简单的菜不简单，蛋炒饭不叫蛋炒饭，而叫“黯然销魂饭”，这不是搞笑，看的次数越多，越咂摸出其中真味，她的青椒肉丝不正是如此吗？平凡得不值一提，精彩到无与伦比。

钟玲花不是没想过靠这道青椒肉丝闯天下。三十出头那年，原来的单位解散，逢着将一拨又一拨人吹向南方的改革开放春风，钟玲花也挤上了一列南下的火车。那时不叫打工，叫“捞金”，叫“下海”。她对自己说，深圳人也是人，深圳人也会爱吃她的青椒肉丝。

钟玲花的想法没错，凭着手艺她本可轻易在外来务工人群密集地找到一份不错的营生。问题在于她那年刚过三十岁，人长得相当不赖，年富力强又有一技之长，既千里迢迢地来了，哪有不去闯闯，直接钻郊区工棚卖炒饭的道理？本来钟家姐妹模样俏、心气高，在她们县城就是有名的。妹妹玲惠皮肤好，个头匀称，五官水灵。可人们谈到钟玲花，会说玲花像个舞蹈演员，玲花啊，真应该嫁到国外去。于是你知道了，钟玲花的美是出众的，因为个子高，腿修长，在灰扑陈旧的小县城，说是鹤立鸡群也不为过。

可叹这么一个鹤立鸡群的玲花，该念书时遇上了“文革”，恢复高考却又遭遇父亲病逝，家中失去经济支柱，还欠了一大笔治病钱，妹妹小，总不能就此辍学了。钟玲花听长辈介绍，跟着城里一位老师傅学了厨子。按说厨师手艺一般不传女，女人劳力差，年轻那几年翻锅还行，可只要是女人就得生孩子，孩子一生，下盘力量就散了，稳不住，再上点年纪，灶台前烟熏火燎，腰椎病、肩周炎、妇科病，齐齐爬上身。幸好这位老师傅跟钟玲花的父亲有点渊源，虽犹豫，到底同意了。这点渊源说大也不大，说小也不小，老师傅平素下工后爱在路边下几盘棋，五毛一局，有天眼见着手顺，赢了两三块钱，谁知没留神被围观的一个小混混伸手抓了钱便跑。老师傅情急之下丢了棋去追，刚追出两步，只觉一股气蹿到心脏，竟像撞上铁门硬生生给顶住了，堵在那里上不去。这时钟玲花他爸正骑着自行车从对面方向来，顺手一把抓住了从旁跑过的小混混，将那钱还给了老师傅，又用自行车将老师傅送到诊所，吊了两瓶葡萄糖，吸了大半小时氧气才算缓解。

师父是憨实的手艺人，说话不绕弯，训人严厉得近乎苛刻，初时玲花爱惜身段，拈轻怕重畏首畏尾，切菜都跷着兰花指，师父拿了夹菜的长筷子啪地招呼在她手背上，立即鼓起一道红红的肿块。玲花不服气，不甘心认了眼前这明摆着的苦命，眼泪只管往下落，仍旧学得不成样子。一次师父也泄气了，干脆叫她停了手中活计去泡盅茶，端到厨房外面的小天井里坐着喝。师父说起年轻的时候，许多地方闹饥荒，饿死的人比比皆是，生产队里有户人家尤其惨烈，母亲饿得心智失常了。那可怜的汉子绝望之下上了吊，剩下一个男孩儿在墙根下瑟瑟发抖，被人发现后带到供销社，喂了好几天热饭热菜才回过魂来开口说话。喂男孩饭食的人，就是玲花的师父。所以啊，师父说，你不要瞧不起这门手艺，无论到啥朝代，吃饭都是大道理，什么叫活路，让人活下来的就是正路。

是啊，活路活路，就为了这两个字，能不好好学吗？从此钟玲花舍出了命去，舍出了一个女孩最好的那几年。手艺学到手了，师父突然病重，师父没有子嗣，走时玲花为他戴孝送终，这就算出师。

师父没有看到这外面的世界多么好，没有饥荒，也不会挨饿了。钟玲花站在南山区一间几乎可以用富丽堂皇来形容的酒店前，面对那张招工启事，看着那诱人的待遇，感慨遇上了好时代。这条街依次林立的都是酒店，招工的不少，玲花仔仔细细挑选过了，海鲜西点她固然烹饪不来，可一般宴席中餐，炒菜、蒸菜、烧菜、炖菜，她样样拿手。况且钟玲花还有一个长处，做出来的菜就像她的人，特别整齐漂亮，对于应聘她是自信的。所以对于应聘不成功，钟玲花一丝一毫心理准备都没有。

经理问钟玲花擅长做什么，她背了一大串菜名，经理不动声色听完，手指屈起来叩叩桌面，又问，还有呢？说一样最擅长的。玲花想了想，答道，青椒肉丝。

经理错愕一瞬，面部拧巴起来，又气又想笑，最后连话也懒得说，挥挥手便让服务员将玲花请了出去。玲花欲分辩解释，最好能实践演练，可哪里还有机会。后来想想真是自己太实诚，没见过世面，应该上去一通天花乱坠，先站住脚再说。只要进了厨房，何愁进不了人心？

青椒肉丝是师父教给玲花的第一道菜。师傅说，青椒要挑尖而细的，捏起来有硬度，才够新鲜够爽辣；肉必须是猪脖子两侧俗称“黄金六两”的那一小段，脂如雪花，鲜嫩滑顺。肉切丝后用少许芡粉、生抽和油码好，两瓣蒜切片备用，油热后先下蒜片炒至散发香味，再放肉丝大火快炒，起锅前入青椒丝和少许盐。这样朴素的做法，不用传统豆瓣酱，也不用姜丝、料酒等材料，谁相信它能达到那样的美味？反正尝过的人无不因它多吃一碗饭，玲花自己也偏爱得紧。对于烹饪，玲花说不出什么大道理，直到看了周星驰的《食神》，她才隐隐约约明白，或许正因至简无华，这美味才直臻感动人心的境界，平淡素朴的事物或许比繁复华丽的更接近生命的真理。

而且玲花至今认为，当年那个经理没有亲口尝尝她做的青椒肉丝，是经理的遗憾，而不是她的。

## 三

尽管退休几年了，钟玲花还是习惯早起，尤其在玲惠家，每天早上五六点钟妹夫一准要起来上厕所。他们的卧室在客厅一侧，厕所在另一侧，钟玲花就躺在客厅沙发暂时铺就的小床上，听见妹夫拉开一道门，拖鞋趿拉过去，再拉开另一道门，掩上，小便声音在清静的早晨格外响亮，然后是哗啦啦的冲水声……玲惠经常埋怨丈夫一举一动声响太大，倒是玲花说，男人嘛，都这样的，学不来斯文。

妹夫起了那趟之后，照常要睡一下回笼觉。趁这当儿，玲花窸窸窣窣起床，摸黑穿衣服叠被，等到玲惠和外甥起来时，沙发已经恢复平常模样，而玲花早在厨房忙碌一家人的早餐了。

玲惠家在与劳务市场一条公路之隔的新村，二手房，20 世纪 90 年代初修建的铁路局老宿舍，绿化面积少得可怜，只有个小院子供人散步。倒退二十年，这是省城最先建设的一批小区之一，但如今这一带房子几乎全转过手，原来的房主早搬到更好的地方去了。两居室的老屋，户型倒算方正，玲惠一家住刚够，玲花来了得在客厅沙发铺个床，空间不免紧巴。这不，早饭桌上妹夫梁政金又老话重提了："还是该把那套房子收回来自己住，这样大姐就不会委屈了。”

他们有套大公寓在三环外，用租金付按揭，房子是简装，玲惠早计划好了，房子再租十年，等贷款还清，城市规划也扩展过去了，周边什么生活设施都齐全，正好他们退休，那时候再好好装修一下搬去养老。

“唉，我也想，只是咱俩上班儿子上学就太远了。”尽管玲惠知道丈夫只是信口一提，她这话却是真心，眼下这房子诚然旧点小点，难得的是方便，公交站就在路口，再过十年八年，这里房价肯定还得见涨一大截，到时卖掉这套房的钱可以给儿子结婚用，或许还能留一笔存着。人老了，免不了有个三病两痛得应付。

“不委屈不委屈，沙发住着挺好，上厕所方便，看电视也方便。”玲花赶紧道。

“不一定哦，大姐。”梁政金眨眨眼，“一个人当然方便，将来您找个老伴，来家还是得有间单独的屋子才像话，安安心心住，想玩多久玩多久，玲惠你说是不？”

这人没正形惯了，玲惠懒得搭理，只顾催促儿子赶快吃面。钟玲花仿佛听了什么了不得的话，锐声笑起来：“找啥老伴？哪里找？你介绍吗？哈哈哈，你大姐老了！”

“大姐老了”的正确回答是“大姐不老”“大姐看上去也就三十几，最多四十出头”“大姐这么漂亮，还怕找不到好人啊”，可她一迭声地问过来，答案明摆着，梁政金偏偏不配合，一句“怎么不行，不然你问你妹妹”，将烫手山芋呼地扔给玲惠，一闪身已拉着儿子去门口穿鞋。

“喂，站住，碗洗了再走——”玲惠喊，哪里来得及，两父子消失得飞快。

“哎呀，你喊啥，好大个事？我在这里就我洗，好不容易来一趟，为你分担家务是应该的嘛。”玲花说着，已经麻利地将碗筷收到厨房水槽。

“姐——”玲惠唤了姐姐一声，抱歉地，又不无依赖。她站在厨房门口，看着玲花的背影，脖颈微微前缩，颈窝下面不知何时坟起好大一坨结实的肉。

“守这儿做啥子？赶紧去收拾你的。”玲花头也不回，“桌子等我来擦！”

等玲花这边忙完，玲惠正往脸上扑最后一层定妆粉。她今年四十二岁，看起来也就三十五六，一半得益于皮肤好，另一半是因为保养得当。钟玲惠的保养不像别的女人那样将钱塞到美容院，她就是几十年如一日温水洗脸，一周两次蛋清敷敷，平常淡妆，因而毛孔几乎仍和年轻时一样细。她对自己的脸和生活是大致满意的。小烦恼不会没有，再好的皮肤到四十岁，眼睑下总泛着青，脸颊两边少不了冒出红血丝，扑一点粉匀匀就好。她喜欢象牙白的粉，只喜欢粉。上次办公室刘姐送她一盒腮红，原封不动地放到现在。红在年轻人脸上是朝气，是娇气，在中年人脸上就显得土。

“我妹妹真美。”玲花擦擦手在玲惠身后坐下，禁不住也朝着镜子照，她的皮肤与妹妹不同，一年四季总透着热气腾腾的颜色。

两人一前一后，一白一红，当姐姐的语气有些酸，“我是真的老多了，这两年。”

“哧！我们小区保安王叔每次都问我，你妹妹来啦？”玲惠笑道。

“他眼睛有问题。我比你大十岁呢。”玲花说。这话不是不诚恳。她固然喜欢赞美，但有的赞美还是令她心虚。

玲惠从镜子里仔细看看姐姐的脸，说：“你这两年折腾太厉害，憔悴了。”

“有啥办法，我这辈子就是操不完的心。”玲花说着，笑容散下来，皮肤更显出疲态。

“小威后来去报到没？”玲惠问。

“去了，没几天又回家了，说太无聊，不想干。”钟玲花道。一说这个她就惭愧，高速公路收费站的油水是何等饱足，多少人踮着脚都够不上，多亏玲惠的老关系，辗转托人好几次才要到的工作，儿子却不珍惜。

“你就是太惯了。”玲惠淡淡地说，也没有埋怨的意思，老生常谈。

这个孩子是钟玲花命中煞星，自打生出来就身体不好，险些夭折，小时候带得万分金贵。好不容易长大了，因为太溺爱，养成极顽劣的性情，念书不好，没有哪次升学不交赞助费，高考两百多分，钟玲花翻破招生报纸找出一所看起来尚可的私立经济院校，送去读两年，殴打老师，被开除了。无所事事地混了一阵子，突然心血来潮想开网吧，玲花就拿出积蓄为他开网吧，他只顾打游戏，没人手值夜班看柜台，也是他老娘天天熬着守着。去年年初，网吧因为违规向未成年人开放被查处，两万块钱罚款是钟玲花交的。交完小威却改了主意，没过几天，以极低的价格将网吧盘了出去。钱自然是白花了。小威瞒着家里和一群狐朋狗友赌钱，钟玲花不多的存款被儿子以各种借口盘算得所剩无几。这两年钟玲花特别在钱上钻营，开过小饭馆，也给人打过工，什么赚钱就想做什么，无非想多攒一点钱，给这个不成器的孩子。

“收费站条件是不好，怪冷的……”玲花讷讷地想解释两句。

“那他想干什么？当老板？”玲惠冷笑反问。她素来不赞成对孩子无限度溺爱，对这个外甥管得上就管一点，说来说去还不是看在姐姐辛苦的分上。

钟玲花闷声不答。她知道自己把孩子惯坏了，可到这个境地，还能怎么办？玲惠说，你不要理他，不信他有胆子去偷去抢去杀人放火。就算真去了也不要紧，自己闯的祸自己扛，得让他吃到点苦头，才能对生活有责任心。说得轻巧，钟玲花想，只因为你玲惠没有摊上，摊上了就知道这些都是说着容易做着难，自己身上掉下的肉，没有不护短的，说句难听的，你能看着他挨饿，还能看着他进监狱？小威因为赌钱都进了好几次派出所了，钟玲花着急给他张罗点正事做，不然进监狱就是迟早的事。

一说到教育问题，两姐妹话不投机，玲花的心事玲惠全看在眼里，虽然不痛快，却懒得往下说了，转而问道：“那人后来给你电话没？”

“打了，打电话，又发信息，话多得很。”钟玲花懒懒答道。

“怎么样吗？”玲惠问。

“人是马马虎虎，语言上挺丰富的，就是有点……”玲花顿了顿，说，“太穷了。”

“对，到底多穷？那天没说完呢。”玲惠转过身子面向大姐。前日她们聊到这事时，梁政金刚好下班回来，两人就闭了嘴。玲花爱面子，不想让妹夫知道她此番来省城是为了相亲，玲惠自然更不说破。

“家里好板凳都没有一条。”玲花说。

玲惠叹道:“也是，若不是太困难，不至于打了大半辈子光棍。”

玲惠又说：“我先前一直觉得那人不错，大大方方，不扭捏，不猥琐。”

“大方啥？”玲花摆摆手说，“没有实力大方。他自己知道，也说配不上我。算有自知之明。”

玲惠是指那人敞亮，上周末陪玲花与人在公园一见，他虽衣着简陋，却不显得卑琐，谈笑自若。玲花则意指其囊中羞涩出手局促。在婚姻问题上，玲惠觉得玲花太现实了，不免显得有点爱慕虚荣，有点俗气。可玲惠又能理解，姐姐终究是个女厨子，烟熏火燎，一铲一铲将手中日子料理到现在，她既非向往奢华，也不贪图挥霍，不过想拥有对生活更多的主动权。

玲花说着，又朝镜子左右侧着下颌，问：“姐还不算老吧？还漂亮吗？”

“漂亮！很漂亮！”玲惠重重说道。

“我妹妹不会是哄我开心吧？”玲花干脆站起来，在镜子前来回走几步。

阳光从房间一侧的纱窗外照进来，灰尘绕着玲花飞舞。玲惠坐在床上，一手支着床单，想起小时候她们住的那个房子，高高的窗，光是一束一束像手电筒那样射进来的，光柱中有很多小毛毛，软绵绵地游来游去。那时候玲花真的很美，一把及腰长发每天都洗，蜂花洗发膏的味道喷香喷香的，她将毛巾拧成一捆，在光柱下把湿头发来回拍打，一边牢骚着，天天在厨房进出，都成油性发质了。

玲花那么在意自己的外貌，是小城里最早用洗面奶的一批人。那时她学好手艺，恰逢母亲从工作的国营旅馆退休，她顶替了工作，调到更好的餐饮部。那几年，小城里各种仪式都时兴起来，结婚的，生孩子的，过生日的，死了人的。城里没有像样的私营酒店，大家都去国营旅馆办，生意何等兴隆。菜上齐了，玲花戴着白帽子从后厨出来，一身制服精精神神，她每桌巡看人们吃得如何，人们看了她，吃得也香，看得也欢喜。

国营单位的大厨，自然是体面得不得了的职业，再加上模样喜人，谁又会说她配不上当时在学校当临时老师的胡明江呢。倒是钟玲花她妈看得明白，说，他有文化，还比你年轻，迟早要压过你一头。玲花不信。后来她下岗，胡明江转正，她去深圳打工，胡明江在学校里跟一个新来的女老师好上了。玲花跟胡明江闹离婚那阵，伤心起来倒要怪她妈当年怎么没拉住她，怎么没把户口本藏起来。她妈只好又劝，胡明江收入好，福利好，你们是原配，你这个家你说了还能算，孩子都这么大了，将就过着吧。

姜真是老的辣。玲花还是不信。等到后来真离了婚，日子难了，她又有说辞，怪她妈和她妹没把她劝住。所以对于玲花的情感问题，玲惠着实不太愿意过多干涉。

“要不然我还是回去了。老待着，又不做什么。”玲花想了一会，说。

“着什么急，不相亲，你就不能在我家多住住？”玲惠说。

“我在这里耽误你们嘛。”玲花扭捏起来，“那你想我留吗？你想我留我再留。”

玲惠最是吃不消姐姐这套肉麻，说：“你想留就留啊，又不是外人，干吗净问我。”

“那我好久走嘛，小威在家也不省心。你想我再耍好久？”玲花又巴巴地问。

“随便你咯。”玲惠说，“看我，说着都快忘时间了，我得去单位了。”

说罢，抓着包包出门去。玲花见妹妹出门，她眼睛一转，立即收拾打扮一番，她也要出门。

## 四

这天傍晚钟玲惠回家，姐姐在厨房做晚饭，哧溜一下，菜下锅，她嘴里欢快哼着“我从草原来，我从草原来”……玲惠对玲花何等了解，探头便问道：“姐，你今天出去啦？”

“唉，出去转了转。”玲花说。

“别是去劳务市场了吧？”玲惠狐疑道，还真给她说中了。

“我去看看，有没有钱可以捡捡。”玲花端菜出来，嘻嘻笑着瞟了眼妹妹。

“你趁早打消还要工作的念头哈，你那身体，不能劳累了。”玲惠正色道，前两年玲花骑电瓶车摔过一跤，手腕脱臼，每到阴雨天就疼。

“哎呀，你别上火。我开玩笑的！就是瞎看看，当散步！不出力，不出钱。你没想那是啥环境，你姐姐我也不是随便什么工作都做的。”玲花说。

“得了吧，我还不知道你。闲不住！”玲惠说。

“妹妹啊，你想得倒好。我这么老，就算我肯，哪个肯请个老阿姨回去供着？”玲花边说边笑。

“别糊弄我了。人家找家政，找保姆，就要找你们这个年龄段的，你以为我不晓得？”玲惠说。

“家政保姆我是不会干的。之前干过。不累，但是说真的，我这个人，受不了那种感觉，就跟不是一个阶级似的，主人在桌上吃，我在厨房吃。太伤自尊了。”玲花连连摆手。

“知道就好。”玲惠说。

“我就是瞎转转。其他地方我又不熟，只有这周边。”玲花说。

“这个周末等我有空了，我们去吃肯德基吧。”玲惠道，玲花像个小孩，特别爱吃肯德基，这次她来，正逢自己工作忙，一次都没顾得上陪她。

“我妹妹最好！”玲花欢呼起来。这个人，真像玲惠说的，一点盐巴就放咸。

玲花没有胡说，她的确看不上劳务市场的环境，阶级无处不在，就业也分三六九等。那些来雇人的老板，生意不大脾气大，无一不是精明得过了头，连五十元工资都斤斤计较。那些等待被雇的，没见得有多大本事，偏偏谁都瞧不上谁。她钟玲花可是见过世面的，前两年出去挣钱的时候，玲花曾经在北京、上海、广州三地给人做饭。

北京那家雇主是对老夫妻，儿女都在国外，家里条件极好。皇城根儿下嘛，规矩自然应该大些，玲花虽然对在厨房吃饭不能习惯，可暗地里又不无骄傲。

别人都说上海人抠，玲花也不觉得，她遇上的是一对年轻夫妻，出手大方，他们对吃的要求不麻烦，不过爱吃西餐，玲花就上网学，边做边学，效果还不赖。要不是后来小威在家惹了麻烦，他们还不乐意钟阿姨走。

说起来广州那家，更是话长，南方沿海大多男主外女主内，那家恰恰相反，男主人患病，四十五六的年纪，只能在家养着，家里工厂平常是女人去打理。钟玲花知道南方传统家庭的女人特别勤快，天天跪着擦地，没有哪家不是窗明几净一尘不染的，她本就要强，当下更是豁出去受过伤的骨头，有样学样趴着擦得特别来劲。男主人喂了一笼子鸟，玲花擦地的时候，鸟儿嘀嘀咕咕和她打招呼，她也嘀嘀咕咕逗回去。男主人边上看着，不觉微笑起来。

两人天天相对，少不得闲聊，家长里短，孩子老人，谁都有几桩谈资，玲花边说边做家务，觉得时间很好打发。多有些日子，彼此益发自在，话题渐渐朝玲花个人问题上靠，男主人的问法过分关怀，便有些露骨。玲花虽年纪大些，毕竟是个漂亮女人，隐约明白，也暗暗受用。谁叫男主人句句话正中玲花心上呢。他说她看不出来已经五十，又说她歌唱得好，要是晚生一点，去选个秀，不愁不出名。他说玲花的菜特别对胃口，他十几年前去成都做过一段时间生意，后来时常怀念四川小吃。他还说，一生最喜天高任鸟飞，年轻时野得像匹脱缰的马，没想到突然病了，再出不得远门。

人与人之间交往到主动示弱的份上，便有些微妙了，大有交心的意思。钟玲花本就是个直肠热性的人，经不得多问，主动提起和胡明江那段婚姻。她说有些后悔，男人嘛，自我约束能力总是差一点的，但他不想离婚，是自己那会儿心气太高，眼里揉不得沙子，他其实已经认错了……“话说回来，谁不想有个圆满的婚姻？我确实伤心呢，先前我们真是很好的。”钟玲花道，想着独个儿的难，同时感到一种戏剧化的需要，不免哽咽，“嗨，失态了，失态了。”随即她又清清嗓子，笑逐颜开，说着这句从电视上学来的话。

钟玲花想，或许自己那极力自勉的一笑有些打动人吧，要不然男主人不会突然就露了心迹。她本来蹲着擦茶几脚，正要起身，却被他轻轻拉住了。他就坐在沙发上，那么近，那么居高临下，以至于让她有种眩晕的错觉。她好像预先不知道要被他抓住似的，全身战栗了一下，整颗心倏然紧缩，然后才缓缓朝四周展开。鸟儿还在叫着，啾——啾——嘘啾——

“他很帅，真的帅。唉，确实挺心动的。”钟玲花说。玲惠只是淡淡笑，这些年来，她始终没法正面与姐姐谈论关于男人和情感的话题。玲惠不太信得过玲花看男人的眼光，但其实自己也好不到哪里去。她念书时有过一段天雷地火的恋情，轰轰烈烈到你死我活，最后要不是玲花一力阻挠，迫使二人分手，或许就没有现在的玲惠。嫁给梁政金算扳回一城，好似终于从汹涌剧情中脱险，可午夜醒来的瞬间，玲惠不是没有恍惚。这样四平八稳的生活，这样不动声色的自己，以及身边的这个人，竟如一梦。

玲花离婚后找过几个对象，每一段缘分在开初都是天上有地下无，不久又被她自己全盘否定。玲花的情愫发生得容易，消失得也迅疾。玲惠难免对此心生轻慢，她自己是那种一生只能爱一次的人，坚信每个人的爱情都有定量，用一点就少一点，如果一直源源不断，其纯度就值得怀疑。况且，那个人再怎么帅再怎么善良，也掩盖不住是个猥琐男想偷腥的事实。有时玲花说得太多，得意扬扬又喋喋不休，玲惠很不耐烦。

“估计他老婆在外面有人。你想嘛，他身体不好，天天这样待在家里，最多到楼下小区坐坐，可怜啊。”玲花婉转地指出了她和男主人的关系，她都知道他是怎样的身体不好了。玲惠接道：“身体不好还东想西想。”玲花摇摇头：“是人就有七情六欲，是人都有真情。”

“我觉得我们这样不对，坚决辞了工。他还一直给我发信息，说希望我回去。”玲花继续说，“其实他这个人对人是真好，听我说小威在家有麻烦，马上硬要给我拿一点钱。”

玲惠想问“一点钱”是多少钱，还想问，给钱就是待你好？想想实在太尖锐，只得努力克制着自己的语气，问：“他为啥要给你钱？”

“情义呗！”玲花说，“他是个好人。”

“他有次说，不需要我为他做任何事，我就在那儿……”玲花说着，猛地住了嘴。男主人的原话是：你在家里，我心里就挺暖和。多苦涩又多甜蜜的一句话啊，她不得不掖着紧着，守口如瓶。钟玲花这辈子有过那么几段感情，可没有哪段像这一段，纯精神，那么短暂，却那么伤感。她打定主意永远也不说出那句话，只在独个儿的时候想它一想，还不能想得勤，就像那话是块肥皂，怕给想念磨蚀了。她久久才想一次，就一次，乏味的生活立即进了盐，滋味齐全了。很久很久以前，钟玲花工作的第三年，攒钱给家里买了台彩电，妹妹和妈妈满怀期待地催她打开电源，嗞——电流一过，屏幕亮了，里面的人活鲜鲜的，仿佛跟前的人到了电视机里，又仿佛电视机里的人站在跟前。想念带来的正是那种突然焕发颜色的让人眼睛濡湿的激动。

## 五

有了这样的“珠玉”在前，钟玲花要去对面劳务市场找工作，那是万万不能够的。话说回来，她倒不排斥去转一转，她深信，机遇不会好端端砸到你家沙发上，也不会落在没有准备的人身上。这天出门之前，钟玲花擦了护肤霜外又加一层BB霜。她将口红涂一点在手掌外侧，揉匀了，蹭在两颊，方法是老的，效果却显著，原先暗沉的气色陡然亮了两个度，红润的脸盘又有了年轻时为人称道的“贵气”。她看看镜子，哪里像个打工的呢？先就冲自己笑了。

路口的红衣妇人老远看见钟玲花走过来，果然将她锁定了。人还没到跟前呢，妇人便快步迎了上去，后面本来还有两人，无奈见她动作太快，只好作罢。

“老板娘，雇人吗？雇人做饭还是打扫卫生？”妇人殷勤问道。

“我像老板娘吗？哈哈。我都是打工的。”钟玲花笑，这话听了舒服得很。

“您别骗人了，就您这身打扮，不只是老板娘，还是个很大的老板娘。”妇人奉承道。

“还挺有眼光啊！”玲花赞叹。她身上这件大衣是玲惠在法国出公差的时候买的，买回来之后又嫌它颜色鲜艳了些，转手送了姐姐。玲花每次提起来都要说这是妹妹特地买来送她的，说来说去就成了真。

“不过我确实不是来雇人的。抱歉哈大姐，祝你顺利。”钟玲花向妇人致意后继续朝前走。

一路碰到揽活儿的人，无一例外都以为她是老板娘，简直有点前簇后拥的架势。钟玲花连连摆手，阅兵似的，笑容压根收不住。这里的人还是不那么糟的，还是有点水平的，至少很会说话嘛。她想，又暗笑自己快忘乎所以。从市场这头走到市场那头，上午十点多，早餐那一茬热闹消停了，各种煎炸小吃摊的四周满是油腻腻的纸巾团，连接小河的草坪被踩出几条光秃秃的小路，一些人坐在草坪上晒太阳。

舒心的恭维还在耳旁交响，眼前的喧嚣仿佛一曲节日欢歌。笑容在玲花嘴角不自觉保持着，她惬意地两手交抱，阳光烤着眼皮，像美容院小姐灵巧的手，悉心地安抚悄然爬上眼角的一条条细褶子。她的确不是什么老板，但她有退休金，有一套整洁的十几年前集资的房子，有不错的手艺。虽说儿子不争气，到底早成年了，她责任已经尽到，对儿子好是心甘情愿，却没有义务。一句话说了，她不是等着米下锅，不必靠打工过日子，来这里无非瞧瞧有没有可心的活计，想做就做点，不想做就不做，多自在啊。她跟他们是不同的。年轻的时候劳动是为了生计，上了年纪不愁吃喝还愿意劳动，必然是为了兴趣。是啊，钟玲花重新记起她的种种美梦，曾经渴盼成为某家气派酒店的主厨，幻想过以自己的名字命名开上百八十家连锁餐馆。不久前，她在电视上看见一条新闻，说北京一条胡同里，有人开了精致的私房菜馆，需要预定，一天只有一桌，定迟了，只有次日请早。玲花想，那才有意思呢，架子十足，钱也不会少赚，一天一桌菜对她来说就是撸个袖子热热身的事儿，那才适合她呢。

如此云里雾里漫想着，神游太虚之际，忽闻旁边一个声音叹道：“唉！真是没想到。”

玲花侧头看去，男人四十来岁，平头方脸，褐色麂皮夹克，深色休闲裤，左手屈在身前，下意识地掂着一串车钥匙，另一只手闲散插在裤兜里。他站在玲花身旁一米开外，望着对面出神地顾自摇头。这话本不是对玲花说的，那一脸惋惜的神色却引起了玲花的好奇。

“没想到啥呢？”玲花问过去，在这种地方，陌生人之间搭个话是很平常的事。

男人看看玲花，果真不见外，指指对面那排人头攒动的商店，冲她说：“没想到这边生意好起来了啊！”

“有人的地方就有生意咯，人越多生意越好。”玲花老到地说。

“过去这儿可不是人才市场，不过我好些年没回来了，哪里能想到现在这么繁华！”男人说着，感慨地摇摇头。

“繁华”这词真大，一般人不这么说，一般人就说“热闹”。这个人见过世面的。钟玲花的神经某处被愉快地挠了一下，获得了某种共鸣。于是她将站立的重心换到另一只脚上，朝男子那边挪了半步，说：“我还以为你是外地人呢，普通话说得那么好。”

“我可是土生土长的樟城人，大姐您抬举了，哈哈。”男人说着，手从裤兜里拿出来，对钟玲花做了个双手合十的动作，又是很洋派的。

“大姐，不瞒您说，我是樟城的老农民。您看，眼前这片，就对过正冲着的那三间店铺，以前我家就在那儿。”男人又道。

“扯呢，你会是农民？骗我们这种农民才对吧。”玲花笑起来，不大相信。

“嗨！真的，说了您咋不信。不过是好些年前的事了，嗯，怕是有二十年了，那会儿樟城建设刚规划到这边，这片，那片，还都是田呢，再过去，三环外根本啥也没有。嗨，那时候哪有什么几环。我家就住在那儿，一排屋子，全拆了。”男人说着摇头，啧啧惋惜。

“一排屋子，得赔好多钱吧？”玲花将信将疑，“恁久了，你还能认得出来那是你家？”

“自个儿的家哪有认不出的，再久也忘不了啊。”男人说，“不怕大姐您笑，我妈死了埋在山上，那时候没钱，没修坟立碑，现在那山被建设成一个公园了，我还能找到她。”

“没通知你们迁坟吗？没赔款？”玲花说，“真是缺德事儿。”

“不知道啊，后来我一直在外地，估计想通知也通知不上吧。唉。”男人说着，倒没有十分气愤。

“你还挺会想的。”钟玲花上下打量了男人一眼，不知道该诧异还是佩服。

“人活在世上，不就是要会想吗，大姐。”男人道。这话算是说到了钟玲花的心坎上。会想，就是自己安慰自己，不然这日子不好过呢。她重重点头，连声说是。

“真没想到跟您这么聊得来。”男人笑着，手指了指玲花来的那边，车钥匙上的四个圈明晃晃地闪了她眼睛一下，“我看您从那边过来，不像找工作的，也不像招工的。敢问一句，大姐是来考察的？”

“考察”，又是一个大词儿。玲花心头一凛，庄重起来，没肯定也没否认，顺口编了句，“呵呵，我随便看看，要等个人。”

“嗯，看看好，看看好。也是有个朋友告诉我，这片现在不得了了。这次回来办事，就顺道来走走。真是，什么叫日新月异，什么叫沧海桑田啊。”男人说着，接连吐出两个电视上才能听到的成语。玲花掂量着这俩词，不知怎么接合适，干脆说：“你真有文化。”

“不敢不敢。只是多走了些地方，自然而然有点感慨罢了。”男人说着，手又合上了。

钟玲花心道：你尽管谦虚，一个有墨水的人是遮掩不住的，她相信自己有这点眼力。

当年第一次看见胡明江，他拿着碗钻到旅馆餐厅后厨找饭。真是个愣头青，哪有人下馆子去厨房找饭的，但见他粗粗拉拉冒冒失失，厨房择菜的小姑娘不耐烦道：“饭在外面过道上摆着，你眼睛摆哪儿了？”小姑娘是粮站站长的侄女，给加塞儿到这儿，本以为凭关系找了个清闲活计，谁想到站长特意嘱托让她锻炼，干体力活从基层做起，她满心不高兴，说话常没轻没重。这话要换了别的客人肯定就得罪了，也就是胡明江，不但没生气，还一个劲儿跟她赔礼道："谢谢！真对不起，我确实眼睛不好。”玲花在一边看他这般温和好涵养，一股夹杂着母性的怜惜在心中油然而生，好感腾地点燃了。

钟玲花读书少，偏生喜欢读书多的人。跟胡明江刚结婚那些年，他没转正，收入少，她负责生活大头开销，日常洗衣做饭拖地，没有哪样家务她不包干的。家里只有一张方桌，平常用来吃饭，晚上胡明江在上边备课，她就在对面搓花生。花生炒制过了，搓掉花生衣，再细细切碎成末状，放到菜里就是最好的提味品。他俩中间搁只碗，搓好的花生小金豆似的，眼看着黄澄澄地堆满了，胡明江写着写着伸手抓几粒送进嘴里，惬意地说，香！玲花看不厌他那心满意足的表情，疼他疼到恨不能拉过来嵌进骨头缝里。说起来，胡明江其实只中师毕业，要不是玲花支持他进修，他拿不到大学文凭。没拿到大学文凭，转正更是做梦。要不她妈怎么说她傻呢，一个劲儿地扑在家庭和男人身上，没想到男人是鸟变的，喂饱了长壮了，就飞了。

想到往事，玲花冷不防鼻酸，连忙以咳嗽掩饰。身边的男人问道："大姐感冒了？现在换季，很容易感冒啊。要不要买点药吃？”

“不用吃药，是突然呛着了，大姐贱命，很少生病呢。”玲花心里有些暖，说话更无拘束了。

“什么贱命，可不能瞎说。我看大姐您腰不大好吧？”男人索性完全正面对着玲花，关切地看她的脸色。

“你怎么知道？”玲花心想，奇了怪，难道BB霜没抹匀，气色不好？

“肤色有点黑，不是晒黑的，而是身体有不适，本来很好的皮肤下面透出黑来。”男人认真地说。

这话关怀里藏着赞美，玲花爱听，便道：“是不太好，年轻时工作总站着，劳损太多。”

“哈哈，现在也不老，大姐。别看我叫您‘大姐’，这是尊称，您不要见怪。我看您比我年轻些。”男人道。

“不可能。你多大年纪？最多四十吧？”玲花问。

“还要加个九。”男人比画了一个九的手势，说，“咋样，比您大吧？”

“那你看我多少岁？”玲花说着，将下巴扬起，左右给他瞧瞧。

“您哪，要说三十几也有人相信的。但我看您四十五左右，因为一看就是个有阅历的人啊。时光给女人眼睛里增添的内涵，是什么都替代不了的。”男人说。

玲花被他这么一说，顿觉自己的目光深邃起来，口中仍习惯性地谦虚道：“皱纹还差不多，哪有什么内涵。”当然也没抖落出自己实际上比他还要大几岁的事实。

“内涵这东西，不用特意说，也不用否定，有就是有。”男人说。

“哈哈，你太会说话了。你是大学教授？”玲花说。

“啊哈，专教社会大学。”男人畅快地笑起来，两颊显出两条长长的酒窝，玲花想起来，有点像唱民歌的王宏伟。

“和您聊天真愉快啊，大姐。本来物是人非，有些伤感，幸好遇见您，什么不开心都忘记了。”男人由衷地说。

“我也是哩。”玲花道，眼睛望向其他地方，不知怎的有点走神。

谁相信呢？两人不过闲站着说了几分钟话，根本没有碰触到任何筋节。钟玲花这一走神，感觉却有几年几十年那么长，人和景依旧在眼前熙攘，她进入了另一个空间。那个空间与这个空间隔着层透明薄膜，她在那边看着这边，半生从眼前打马而过。阳光还是方才的阳光（只是从眼皮移到了额头），路也还是那条高低不平的水泥路（柳树的影子淡了一些），卫生纸团还是那些沾着红油渍的卫生纸团，两个几分钟前还完全陌生的路人，此刻站在同样的空间里，却被隔在同一层薄膜后面，还真有点同看人世沧桑的意思。唱词里说“百年修得同船渡”，这片刻的并肩而立，只怕也要修个几十年吧。

“大姐您等的人还没来吗？”男人问道，“要不是您约了人，真想请您去那边茶室喝杯茶，好好聊一会儿。”

“啊。”钟玲花想起刚才信口扯的谎，不由得有些后悔，此刻不好推翻，只得做出张望的样子，说，“大概快了吧。”

“您别见怪啊，我跑了好多年销售，自来熟，不知礼数的。”男人解释着，自觉唐突。

"是你见怪了。萍水相逢，能遇见就是缘分，何况还能聊得来。要不是我有事，也很愿意跟你聊聊呢。"玲花说。

"可不是嘛，我在老家虽然还有几个远房亲戚，但聊得来的朋友是一个也没有了，唉！"男人摇头，又道，"明天您还来这边吗？"

"啊？"玲花被这样一问，心冷不丁往下坠了坠，赶紧说，"我就住附近，经常过来转转，不一定的。"

"要是明天您还来这边，我请您喝茶！不！我请你吃饭。"男人道。

"就为说说话？"玲花笑道，却没有不信的意思。

"就为说说话！"男人也笑了。

## 六

第二天，玲花掐准了时间，照着昨日那个时候去了，男人果然守约等在那里。他见了她，潇洒地挥手，玲花这才发现，自己连对方的名字都还不知道，是不是太随便了。不过自己这把年纪，要财没有，对方更犯不着骗色，何来忐忑。这么一想她释然了，将手抬至肩头上方摆了摆，示意已经看到。

他们在劳务市场旁边那条路的入口处一间铺面当街的茶房里，找了个靠窗的位置坐下。换了环境，人的五官陡然立体清晰，两人都有些措手不及，一时间竟找不到话说，只管扶着滚烫的茶杯吹气，吹着吹着突然同时笑了出来。男人说："咋觉得有点尴尬呢？坐下来就怪不好意思的，哈哈。”玲花说：“就是，为啥要不好意思呢？我们又不违法乱纪偷鸡摸狗。”男人说：“当然不能偷鸡摸狗，你要偷我也拉着你。”玲花大笑。

其实只要坐下来，话匣子自然打开了。可能因为更放松的缘故，玲花觉得，他们这天的话比头一天接地气多了，像路边刚出炉的馒头，热乎乎的。两人从上午九点四十聊到十一点四十，两个钟头一骨碌滚过去，连眼睛都来不及眨巴。不过这一骨碌的工夫，钟玲花了解了赵永恒半辈子的跌宕起伏。

这个男人叫赵永恒，永恒的永恒，他给她看了身份证。四十八岁，籍贯那一栏写着樟城市凉水镇伊坪乡，正是他们眼下坐着的这片乡镇改建前的名字。赵永恒的父亲当年是伊坪乡小学的一名全科教师，母亲是普通农妇。除了在父亲的要求下，每晚必须默写几句古诗之外，赵永恒的童年和别的乡下男孩的童年没有什么不同，都是在长满野草的山坡上疯跑，跳到田里抓青蛙，晚饭时母亲扯开了嗓子在坎上喊，漫山遍野找不到人。本来有个姐姐，十岁上下发高烧没留住，他记事后母亲又怀过一个孩子，生下来时被脐带缠住窒息了。算命的张寡妇说，赵永恒这娃命硬，不仅克着姐姐和弟弟，如果不把他给抱出去，还会克着自己的父母。他父亲不信这一套迷信。然而，就在赵永恒十五岁那年，父亲犯了奇怪的急病，吃着饭喊了声肚子胀，大颗大颗的汗直见着从额头冒出来，身子便滑了下去。送到医院人已经没救了，医生说是内出血。家里失去了顶梁柱，赵永恒只得辍学帮母亲务农。一个暴雨过后的清晨，母亲去挑水，再也没回家，过了几天，按辈分该叫表舅的亲戚在一个杂草掩埋的洞口看到了母亲的水桶。赵永恒说，她失足跌到那个地洞里去了，但那条路既不是去挑水的路，也不是我们常走的路，她为什么会去那里，我到现在也想不通。洞不深，可前一天雨落得实在太大，里面又湿又滑，积满了水。

“她是被淹的。”赵永恒略掉了中间的那个“死”字，大拇指揉揉眼角，嘿嘿一笑。不笑还好，这一笑在专注倾听的玲花心上狠狠地揪了一把，她以为自己少年丧父够凄惨了，赵永恒的身世却更艰难。看来身世艰难的人真比比皆是，祖辈父辈熬过了战争熬不过饥荒，熬过了饥荒熬不过运动，熬过了运动却熬不过这命运多舛飞来横祸，让她说什么才好呢。唉！唉！无非一声声叹气。

“其实我不太记得清楚具体怎么个来龙去脉了，就深深记得那天灶台上我妈给蒸着一锅玉米粑，我起来饿极了，一口气吃了五个。那几天都吃的玉米粑。后来找到我妈，她整个已经泡涨，我吐了，吐的也全是玉米粑。这辈子再没吃过。”赵永恒又说。

紧接着赵永恒出去闯荡，十七八岁，无牵无挂，倒也天不怕地不怕。当过小工跑过腿，糊过水泥搬过砖，一干就是七八年。后来运气转了，跟照顾他的大哥学做生意，先少量倒卖药材香料，后来卖走私的烟酒化妆品。难怪昨天他说自己是搞销售的，谈起来才知道，真是什么都见识过。赵永恒笑道，世面见得不少，不过苦也是挺苦，在外漂泊，人情冷暖感受特别深。他说起来那年卖走私货被抓了几次，罚款罚得屁滚尿流，最后老婆跟人跑了，钱没了，扔他在局子里蹲了一个多月，险些没能出来。玲花是直肠子，脱口而出："咋这么不仁义呢？"赵永恒苦笑道："玲花大姐，您不知道，我跟我老婆是在按摩房认识的，那会儿我刚接触那些场所，她呢，也是出来做不久，一来二往生了点真情。我本来没想过结婚，她告诉我怀孕了，那好吧，只有结婚。我没多想，就觉得找个按摩女确实没啥面子，幸好在外地，谁管谁呢，家里那几个亲戚谁都不知情，也没正式办证，只请了几桌酒。当时有朋友开玩笑说，是不是你的都不知道，你小子傻啊。呵呵，这怎么证明，总得生下来。不过最后没有生，怀是真怀了，没留住。"赵永恒说，"她跟人跑之后我觉出来，是不是有点借我上岸的意思，或许她误以为我是个货真价实的大老板吧。呵呵，在外面跑，总是打肿脸充胖子，有时自己也当真了，嗨！"

"那后来呢？"玲花问。

"不知道啊。"赵永恒说着，喝了口茶，"我出去后，打听他们的消息，躲着呢，没敢跑远。我当时很气盛的，说话就找人去打了那男的一顿，腿给他打折了。本想连她一起揍，没下去手，一半是不忍，一半是心冷了，半根手指头都不想碰她。"

"你不怨她？"玲花问。

"咋说呢？算自讨苦吃吧。我不是那么愿意跟她结婚的，真是太年轻，一下子被将住了。女人这么说了，推三阻四多不男人，那不成了吃霸王餐吗。虽然我也不是啥好东西。要搁现在，我就说，你生下来，是我的我们再结，真的，我能摁手印写保证，要是我的绝不赖账。但这样就是泼皮对无赖，那会儿我可实诚多了。”赵永恒两手一摊，边笑边摇头。

“话不能这么讲，你就是仁义。”玲花说着，胸中有股热流，为赵永恒鸣不平。哪有人老婆跟别人跑了，倒把自己说成不是东西，还很无赖？真正的坏人从来不说自己是坏人，只有好人才会吃了亏当占便宜。对方这番掏心掏肺，令玲花当即有种不见外的亲昵，直来直往地问：“那你这些年没再找吗？”

“哪有不找的，男人嘛。不过再没结过婚。嗨！说什么呢！”赵永恒手指猛一敲桌，“说起来我现在还是未婚青年啊，先前那一回没扯证，不算数的。”

他开怀大笑，这次是真正的笑。张大的嘴巴洞里扁桃体一颤一颤的，没想到他嘴那么大，口腔里空间那么开阔，山洞似的，玲花冷不防看见那正动弹的肉肉的扁桃体，像个蠢蠢欲动的小野兽。她突然不自在，像见了什么了不得的隐私部位，莫名面红耳热。与之同时，赵永恒口腔里的气味扑面而来，是烟草的微甜，玲花感到十分奇怪，怎会觉得那气味是甜的呢，她又没尝。

“玲花大姐，您别笑我啊，我这人不太稳重，要改的，要改的。”赵永恒又道。钟玲花方意识到笑容在自己脸上一直挂着，忙道：“嗨，有啥好笑的，我是觉得你性格好，乐观，心胸宽广，从心里佩服哪，要是我肯定做不到。”

“相比后来那些风波，这根本算不了什么呀，再说了，人生啥都得体验不是吗。”赵永恒道，“大姐啊，我看您也是嘴里说说，您就不像个下得了狠的人。”

咦，玲花想，真被你说中了。如此便将如何吃苦学厨，如何认识胡明江，如何下岗，胡明江又是如何搞外遇等事，一一细说给赵永恒。胡明江好上的那个女人也是学校老师，说起来既不比玲花漂亮，也不比她有气质，唯有一点就是年轻。这样的人，怎么好意思为人师表。要是她玲花狠下心肠去闹，他们能过安逸日子吗？想得美。那是什么年代，他们不仅工作保不住，还比过街老鼠更不如。“吵过闹过，”玲花说，“我不是没想过鱼死网破，我不好他们也别想好。可他求我你知道吗，他求我放过他们。试问我在他心里是什么，牛鬼蛇神吗？牛头马面吗？还是地狱阎罗？他这样，我闹完有啥意思，突然什么劲都没了。就是你说的，心冷了，寒心。那时候小威已经好几岁，闹大了，受伤害的是孩子。退一步讲，我也不希望他失去工作，毕竟他是要给小孩抚养费的。”

“啧啧，女人始终想得比男人周全些，心软些。这些年想必很不容易吧？”赵永恒叹道，感慨两个苦人遇上了。

“再不容易，孩子听话就没关系，吃点苦也值得。可能我不会教育吧，现在说起来，他爸还怪我没管好，他当然有文化，可当年他何曾说过一句想抚养孩子的话？有时我不恨他别的，就恨他这点。一个人心肠能硬到什么程度才能自己的孩子都不要了。”玲花说着，有些哽咽。

“那倒真是不该……不过……唉，大姐您别伤心了，都过去了啊。”赵永恒安慰着，赶紧从怀中掏出一包纸巾来。玲花感怀往事，尤其最近几年，年过半百，只身一人东飘西荡，多少次长途车上扛着大包挤上挤下，多少次异乡街头向人问路。在别人眼里，她是兴头冲冲地活着，有折腾不完的精力，用不尽的野心，一把年纪还想到处跑，想挣钱，连玲惠都抱怨，“你真是太爱钱了。”可他们怎么知道，她若是消停了，回去了，家不像家，人没有人，又是什么光景？

“大姐，大姐，唉。”赵永恒见玲花益发伤心，忙换到这一侧座位坐下，抽了张纸巾出来塞到玲花手里，“我，我实在也不知道说什么了。都是我不好，不该提起这茬！大姐，我知道你肯定不容易，要有什么能帮上的，您说。”

其实玲花哪有眼泪，不是不想哭，而是不敢，人生几十年苦辣辛酸，哭开可怎么收场呢。

“咳，没事儿，就像你说的，都过去了。”玲花清清嗓子道，“你是个好人。”

“我得要感谢您啊大姐，多久没这么痛快说话了。不晓得我这人是不是真的命硬，真没啥过心的朋友。有那么几个说得着的，都挣了大钱去国外了，也叫我去，可人家携家带口的去那儿当然没事，我光棍一条，去算什么呢？”赵永恒说着，摇摇头。

“我也一样的，很久没说这么多了。”玲花沉浸在刚才的语境中，浑身说不出的酸懒舒畅。她很久没有提及那些往事，上一次还是在南方，在那个生病的男人面前。妈死了多少年了，这世上她最亲近的人只剩下两个，一是小威，一是玲惠，都不爱听她说。

“那大姐您现在退休闲着？那么好的手艺，是不是可惜了。”赵永恒说道。这话算是不偏不倚地撞击到钟玲花的心尖尖上了，说到厨房里的事，她先前暗淡的眼睛唰一下亮了。几秒钟前，她不过是个普普通通的中年妇女，几秒钟后，她成了慷慨激昂的革命者、政治家，口才像施了魔术般突飞猛进。她滔滔不绝地跟赵永恒倾吐一气她的灶前哲学。

“看到了吧，今年私房菜火起来了，啥叫私房菜？不就是家常菜的升级版吗？那就说明我是对的！简单就是真理！”玲花以这句铿锵有力的话作为演讲的结束语，掷地有声气势非凡，赵永恒呆了两秒，热烈地鼓起掌来。

## 七

这天回去的路上，玲花的心情久违地激动，不是少女怀春的激动，而是木兰出征前近乎悲壮的满腔孤勇。不，也不对。她不再孤单，因为她的梦想终于有人肯定了！玲花感到自己将要踏上战场，耳旁响起霍霍磨刀声，不是刺刀，是菜刀。围裙是她的金丝铠甲，厨师帽是她的青铜头盔，厨房就是战场，她要调动柴米油盐鸡鸭鱼羊的千军万马，拿下她人生中或许是第一块，也是最后一块真正意义上的高地。她要开私房菜馆！她要去杭州！

回去的时候，玲惠已经在家，正歪在沙发上闭目养神，听见玲花回来，打趣道：“又去劳务市场视察啊？”对姐姐的性格，她真是不能更了解。

“是啊，嘿嘿。”玲花笑眯眯的，放下包，去饮水机那里接水喝，口渴心焦，手都兴奋到有些发颤，她得想想，怎么跟妹妹说。

“捡到金银财宝了吗？”玲惠睁开眼睛，笑问。

“哪那么好捡！不过，我倒是认识了一个人。”玲花神神秘秘地挤着玲惠坐下。

“什么人？”玲惠警觉地坐直了身体，说，“你可别又被人骗了。”

十年前，玲花在车站被骗子抓去了一副耳坠子，就是没事闲扯淡惹的，玲惠一直记着呢。

“人家骗你姐什么，又没钱又没色。”玲花说，“是个正经人。”

“吃一堑长一智，你看扁你姐，哪还有那么傻的？”玲花又说。

“男的？”玲惠仍皱着眉，对于姐姐的情商她更是没信心，总觉得她在这个危机四伏的世界，太容易动感情，也太容易上当，问，“你没告诉人你的手机号和你住哪里吧？”

“没说住处。手机号留着又没啥，结交个朋友嘛。”玲花说着，有些不快。她再天真，也不至于冒任何给妹妹家招事儿的风险，妹妹何必这么紧张。她怎么可能说出她们家的住处呢。赵永恒的确说要开车送她，但她就住在对面不远，犯不着啊。

“不会跟在你后头，你不知道吧？”玲惠放不下心。

“哪个有毛病啊，跟着我。”玲花真有些生气了。她觉得妹妹这话不仅是担心她，更是在质疑她的智力，生怕玲花给她添麻烦。

“我这不是不放心嘛！”玲惠说，“现在坏人太多了，跟梢算什么，天天夜里地方新闻都在播，有人跑到别人家去敲门，假装检查水电煤气，结果是入室抢劫。”

“跟你说是正经人，你咋不信呢？就那么信不过你姐的眼光？”玲花转而笑道，“我跟你说说这人啊。”

玲花说着，玲惠起身进厨房去做饭，这天玲花太激动了，顾不上跟妹妹争夺厨房里的霸权地位，以后她施展的地方还多着呢。她将赵永恒跟她说的话巴拉巴拉背了一遍，玲惠时不时应一声，并没有怎么放在心上，直到玲花说她想跟他去杭州看看。

“什么？！不准去啊，我告诉你。”玲惠钻出厨房，正色道。

“去考察考察，还没说定，就当旅游嘛。”玲花说着，看了妹妹一眼，玲惠的眼神让她有点发怵。

“考察啥，我看就是个骗子，哪有那么好，上来就要出资给你开私房菜馆。”玲惠说。

“又不是给我钱，是投资，赚了他拿大头。”玲花分辩道，“人家是看得起我的手艺！”

“像你这样手艺的人多的是，凭啥就投资你？”玲惠说。

这话玲花不乐意，什么叫像她这样手艺的人多的是，别人或许可以说这话，玲惠不能这么说。她忘记她婚宴上的风光了？要不是玲花，就凭她钟玲惠和梁政金当年那个条件，能办出那样体体面面的宴席吗？现在你玲惠世面见多了，姐姐做的菜当然吃不下了，但也不至于这么瞧不起人吧。

“你意思是我手艺很糟吗？”玲花脸涨得通红，她最不能接受的就是这个。

“不是这个意思，我是说，多的是正规厨师学校出来的人，年轻，体力好，做菜也时时翻新，他真心想投资，犯不着投资给你啊，姐。”玲惠试图缓和下来。

“我确实是老了，所以想趁还有点力气，实现一直没能实现的心愿。如果成功，也能为小威攒点钱；如果不成功，我至少努力了，没遗憾。你就不能支持我吗？”玲花说着，背过身去，抹了抹眼睛，真怄着了。

“你日子过好了，老公体贴，儿子听话，我呢？你想过我吗？”玲花埋怨。

“咦，你离婚又不是我的错！再说，我不心疼你吗？我对你不好吗？大姐，说话得凭良心。”玲惠声音也急起来。平心而论，少时玲花支持她念书，后来又鼓励她走出情感阴影，长姐如母，玲花对她的好确实不亚于一个母亲。可玲惠想，自己这些年对得起姐姐啊！隔三岔五总要塞给她千儿八百块钱，有好吃好穿的都想着她，更别说三番五次帮小威找工作，哪次不是她拿钱去托人情，倒撂个烂摊子给她收拾。

“你们都有良心，我最没良心了，行了吧？”玲花脾气上来也倔，谁叫“离婚”两个字不偏不倚正戳到她心窝子，她忍了又忍，终于没忍住，“你倒不会想想，我是怎么为你的？”

这句说不得的话，让玲惠的脸一下子黑了。

事情得倒回二十年前，倒回玲惠那场要命的恋爱。玲惠心中，她这辈子就爱过那一次，不是梁政金。她和梁政金是夫妻，婚姻不等同于恋爱，这一点玲惠毫不含糊。婚姻是协作关系，婚姻里的两个人是同一战壕的战友，因为有共同的目标和利益，他们互相迁就、互相妥协、互相配合。恋爱呢，是独木桥上的狭路相逢，是擂台上的棋逢对手，两个人是爱人也是敌人，用尽全力撕咬，再用尽全力拥抱，让血流到一起，眼泪也绝不分开。

那个人叫郁晖，和玲惠是同学。那年玲惠考上了大学，郁晖没有，也没条件继续念书，本该就此走远的两人，却在高考过后的暑假一发不可收拾地相爱了。玲惠记得那个夏天下不完的暴雨，一场紧接一场，就像胸腔里泄闸的洪水，像她来势汹汹的初恋，有股视死如归的不祥势头。他们太年轻了，除了年轻一无所有。

开盘即是困局，实在对峙不下去时，郁晖说，你走吧。

玲惠哭起来，说，我不走，你赶我走我也不走。

这样的对话在两人之间持续了七年。矛盾百出、难舍难分的异地恋，令玲惠感觉头顶悬着一把刀，不知何时会掉下来斩断这缘分。郁晖抱着玲惠时会突然问她，在异乡异地，有没有别的人这样吻过她、抱过她、摸过她。

最初哭泣是有效的，可就像机体对药丸有耐受性，眼泪也慢慢变得无用。面对郁晖的脆弱和怀疑，玲惠开始发狠抽打自己。她用自己的痛唤起郁晖的痛，用自己的示弱换来他的示弱，她爱他平日的百般迁就，爱他在修车铺店招阴影下抬头看她的那一眼温柔，甚至爱他生气时能冻死人的冷漠，但所有这些加起来，都比不上她爱他的脆弱。疼痛会上瘾，他们的恋情随之越发病态，每过一段时间就要折腾一次。玲惠用小刀割手臂和大腿上的皮肤，一条一条一条一条，很多条。刀子落下去义无反顾，带着惩戒意味，要为这近乎虐恋的爱情刻上更深的痕迹。玲惠又一次赢了。很快，郁晖跑到学校看她，在小旅店里请求亲吻她的伤口，他们有了第一次。

玲花问过玲惠，有没有跟郁晖那啥？她告诫妹妹不要轻易交付自己，那小子只怕是给不了她什么未来。玲惠说没有，玲花不太信，两个人有没有进展到那一层，表现是不同的。她再三盘问，玲惠索性交了底，反问玲花第一次是什么感觉，玲花说疼啊，还能有什么。玲惠怔怔地说，为什么我感觉自己像台机器，那一瞬间浑身火线噼里啪啦地相继燃烧爆炸，身体和心一起飞升到很高的很不着边际的地方，飞升，对，然后突然着地，着地的地方是一片雾气腾腾的大草原，我两手空空四肢打开，说不出的满足和空虚，好像拥有全部，又好像什么都失去了。

玲花被这番话绕得晕头转向，只觉妹妹陷得深，近乎魔怔了。玲花只道妹妹日渐憔悴，定是恋爱辛苦，小心翼翼劝她眼光放现实些，要理智，却不知她周身上下鲜有完肤，一颗心像活了几百年，凶狠的爱情越吃越饿。

# 八

玲惠心事重，像口老钟，撞一下回声要嗡嗡回响很久。这天跟玲花拌了两句嘴，戳及内心最不愿提的部分，一时间闷得饭也没吃便去卧室睡下了。梁政金回来，见玲花正在卧室门前站着，喊了一声“大姐”，她猛然醒转，忙去将锅里给妹夫热着的饭菜端出来，这顿她也是一动没动。梁政金吃着饭，突然听得玲花自言自语：“要不我还是走了。”他说：“着什么急呢大姐，不是说好这个周末我们一起出去玩，去吃肯德基吗？”玲花不好解释，只得讪讪地说：“老家还有事。”

“哦，哦。是急事吗？先前怎么没听你说，要不然我下午出去时去帮你看看车票？”梁政金问道，也没多挽留。玲花说，没事儿，一会儿我自己出去看看吧。

梁政金饭后在厨房洗碗，嘴里哼着歌。平时他也哼哼，玲花断然不觉得有什么，这天心情不好，自是分外刺耳。她坐在沙发上，环顾四周，发现这个屋子里什么都是别人的，墙上的照片是别人的，门边挂着的包是别人的，电视柜上面几个小摆件也是别人的。她感到自己屁股下坐的这块巴掌大地方同样是这样地不牢靠，就像海上的浮漂一般，她怎么能坐在这里呢？她是这样多余无用的一个人。如此想着，不由得一阵恍惚凄凉，也没和妹夫打招呼，穿上鞋悄悄带好门，出去了。

那一年玲惠研究生快毕业，突然请假回来，钻进房里一躺就是好几天，病恹恹的，什么东西也吃不下。玲花拉她去医院检查，果然有了孩子。最使玲花震惊的不是孩子，而是她误打误撞看见的妹妹的身体，白皙细嫩的乳房周围布满数不清的狰狞红色细痕，已经结了痂，一条又一条交错坟起。还有她的腿她的手，她平常遮掩在衣服下面看不见的地方。玲花气急败坏地问到底怎么回事，玲惠说分配下来了，是在别的城市，她不愿意放弃工作，也不愿意放弃爱情，她难受。

是玲花出的主意，说一定要把孩子给做了，不能告诉郁晖。她说，你们俩爱得太深，反而毁了他也毁了你，姐不能看着你被毁啊。

很多年之后，玲惠必须承认姐姐是对的，她和郁晖的爱是病态的，过分饥渴，注定不能善终。那年玲花撂了工作的摊子，陪玲惠到附近的小县城租了间屋，玲惠做了手术后的那个月，玲花衣不解带地服侍她，她说坐小月子跟坐月子是一样的，没有将身体养好，以后得落下一辈子的病根。那些日子玲惠很少说话，玲花想着她年轻，经不得这样的事，身心没有恢复过来，她当姐姐的能做的无非是体贴一点，再体贴一点，细致到不能更细致。没法设身处地，玲花怎会知道，玲惠的沉默里除了伤痛，更有一抹挥之不去的怨恨。是玲花让她彻底割舍了这最后一点与爱人的关系，以前她所经受的所有肉体上的痛，加起来都比不上这一次，她真的无路可退了。她与郁晖之间的爱痛纠缠，放不下也得放下，她或许还没有做好诀别的准备，却被这个孩子的突然到来以及姐姐助力的一推，送到了情感的断崖边上。她跌了下去。

玲惠跌下去，是活了，也是死了。她生命的一部分，随着那段感情的深埋，随着孩子的夭亡，而永远死去。她去了分配的单位工作，三年后认识在人保公司做经理的梁政金，两人条件相当，很快结婚。她没有打听过郁晖的消息，又是玲花告诉她，他早两年结了婚，已经有一对可爱的孩子。玲惠便有种心事了却的怅然，仿佛再没有牵挂，完完全全心甘情愿地将那个激烈偏执的自己封印起来。如今她的沉稳近乎淡漠，生活中没有事情能够撞击到心脏最深的那块薄膜，这样的她与大大咧咧嬉皮笑脸的梁政金可谓般配互补，谁不羡慕她呢？谁又知道，她依然紧实的皮肤下面，有过多少重重叠加的伤痕，每当一段旧日旋律响起，或是一阵风偶然吹过，那伤痕之下的血液依然会加速流动。

玲惠有心结。这就是为什么她对玲花始终有些淡淡的，说不上来的抗拒。

玲花坐在公交车站的不锈钢椅子上，茫然地看着路上车来车往，想起自己年少学徒，挣钱养家，为了母亲和妹妹努力咬牙支撑的时光。对于命运不公，她不是没有委屈，为什么同为姐妹，同样漂漂亮亮大大方方，境遇如此不同。说起来当年要不是为了照顾妹妹抛开工作，恐怕她不至于成为第一批遣散职工，若不是下岗，她就不会去深圳，或许胡明江也不会有外遇了。然而她明白，这怪不了任何人，只能怪她玲花生不逢时，运气不好。这一生从未真正交过好运，眼看到老了，有儿子像没儿子，倒不如孤家寡人更自在。

手机响了，玲花接起来，是赵永恒，她还没缓过来，闷闷地“喂”了一声。

“大姐怎么了？声音不对啊。”赵永恒关切地问。

虽是个萍水相逢的人，一个字就叫他听出问题了，玲花禁不住心酸，说：“没事的，跟我妹妹拌了几句嘴。”

“嗨，我说什么事！”赵永恒道，“别往心里去，两姊妹有什么好气的。我跟我那几个好哥们，也经常说着说着就急了起来，过了就没事儿了。各人立场不同嘛，看问题自然是有差异的，你别总觉得她不理解你啊，你们毕竟不是同一个人。”

“说得是啊，即便是亲姐妹，我经常不知道她在想什么，可能她也一样。”玲花说着，不无黯然。

“对，相处久了，再亲的人也难免会有摩擦，正常。”赵永恒说。

这话看似无意，却提醒了玲花，她来樟城已经住了半个月，说不定真是赵永恒说的这回事，在人家家里住久了，不好，就算是亲姐妹也不好。毕竟人家是一家人，自己只是娘家人，老霸占着人沙发算什么呢？难怪她说要走，妹夫只是象征性地挽留了一下，可能心里早厌烦了吧。

“是啊，你说得是，所以我想走了，回去了。”玲花说着，抹了一下眼角，一辆公交在她前面吱啦停了，尾气屁一样排出来。等车的人蜂拥而上，跑过她跟前时，刮起凉凉的风。

“真的吗？啥时候的车，要是今天下午，我和朋友开车送你去车站。”赵永恒热心地说，“正好今晚我准备去杭州。”

“那么快？你不是说要过几天再去吗？”玲花问，不知如何告诉他妹妹不同意的事。

“嗯，我先去看看，见几个生意上的朋友，做一点前期准备。做吃食不像别的，最重要的是‘朋情’，你说对不？何况我们是做高端。”赵永恒说。

玲花更说不出口了，只好沉默着。

“大姐，是不是妹妹不同意？”赵永恒敏感地问。

“嗯，她怕我劳累。”玲花说。

“妹妹是心疼你，这还有啥委屈的。那你呢？你的想法是什么？说真的，我主要尊重你的意见，毕竟这个主意是你出的，要说这算原始股，要是做起来，除了工钱，我考虑得另算你一份干红。不过家人的支持很重要啊，大姐，要是你改口了，我也不怪你，真的！买卖不成仁义在！就当交个好朋友。”赵永恒恳切地说。

玲花听了这番话，心里矛盾百结。另一辆公交车又来了，又一片灰尘高高扬起，几片刚从树梢落下的黄叶擦着地面趺趺撞撞往前扑了几扑。这次站台上人不多，公交车停了片刻就发动了。刚发动，一个老妇人从站台那端小跑而来，边挥手边喊等等，可车哪里等人呢？车就那么开走了。老妇人在台阶边上扶着膝盖直喘气，佝偻的脊背剧烈起伏着，玲花看着心都揪紧了，泪水蓄了满眼。这阵难过没能过去，她打定了主意，对赵永恒说：“不改的，这事我说了算。”

话音落在尘埃里，像她孑然一身飘零，有什么输不起，活路活路，死不了都是赚的。她心一横。

“哈！大姐，我就知道您是干实事儿的人！太好了！你的决定不会错的！”赵永恒朗朗的笑声从那边传来，接着他提议，“反正您也准备回家，要不干脆这次就一起去杭州看看，能成就成，不成就当我请你旅游一趟！你看成不？”

“那有啥不成的，有人请客，我当然愿意捡便宜，哈哈！”玲花终于也开怀笑了起来。

## 九

玲惠吃了安眠药睡下的，晚上八点多才醒来，开门见丈夫在沙发上看电视，问他：“姐呢？”梁政金说：“不知道啊，我洗着碗她就出去了。后来我又出门，再回来的时候她人没在，行李也没在了，不是说老家有事吗，是不是回去了？”

“老家有事，我怎么不知道？”玲惠纳罕，随即反应过来是大姐找的借口。

梁政金看妻子的脸色，小心问道：“你俩不是闹别扭了吧？怎么睡了这么久？”

“她老想着还要出去做事，我不同意，拌了几句嘴。”玲惠抚着睡得发昏的额头，猛然间一个激灵，“糟了！大姐是不是被人拐了？！”

“不能吧？她那么大个人了……”梁政金说。玲惠挥挥手，一副“跟你说不清楚”的神态，立即拿手机摁了玲花的号码，无人接听。

“糟了，肯定是被骗了。”玲惠一屁股塌坐在沙发上，后悔跟姐姐置气。

“可能没听见，你别急嘛，你姐不是经常听不见电话铃吗，一会儿再打打看。”梁政金安慰道。

再说玲花回家时玲惠仍睡着，她正好没叫醒妹妹，想着等安全到了杭州再和玲惠联系，这样玲惠想反对也没用了。她拎着简单的行李出了门，一辆计程车已经等在小区前，赵永恒在后座窗口冲她招手，说自己的车反正开不走，刚放在一个亲戚家里了。他们在火车站附近找了个餐馆吃饭，赵永恒点了很多菜，最后吃不到一半。一进馆子，玲花的信心就有了，这哪有她做得好吃，生意还火得跟什么似的！两人就势畅聊一番未来。玲花估计着玲惠可能该醒了，拿手机出来看看她有没有给自己发信息，赵永恒一看，大姐您这手机挺时髦啊，借我看看呢。玲花说妹妹送的，自己根本用不上那么多功能。

“妹妹对您真好啊，大姐。”赵永恒叹道，将手机还给她，说，“要是我也有兄弟姐妹就好了。”

“瞧你这话说的，不是白叫我大姐了？我好歹比你大两三岁呢。”玲花说。

“也是，也是！说错话了，认罚！”赵永恒说着干了一杯茶，接着去了一趟厕所，出来就结账，两人往车站里去。

拿到车票，玲花诧异道：“怎么是郑州？不是说去杭州吗？”

“是这样的，我在郑州收一笔款子，不是明面上的钱，不好在银行过账，那人说了送到车站来。就耽搁两三小时，后面的票我叫他给订好了，到时候直接去机子上取就是。你放心啊，大姐，我可不是人贩子。”赵永恒说着，打了个哈哈。

玲花没多想，这世道，黑的白的，哪有分得那么清楚，世上的事大多都有灰色地带，挣钱也就在这灰色地带，这道理她懂。趁赵永恒去上厕所的当儿，她在小超市买了不少吃的，方便面、火腿肠、牛肉干、花生米等，人家出了车票钱，自己不能太不懂事，好歹吃食要多买些。

这时是夜晚八点一刻，外面早已夜色笼罩，而火车站永远灯火通明，人潮熙攘，许多方言彼此夹杂冲撞，衣服颜色互相交织，还有熟食的气味，泡面的气味，人在途中风尘仆仆的气味，这一切融汇成一股生机勃勃的洪流。玲花身处在这洪流中，感受到好久未曾有过的忐忑兴奋，是的，她还不老，还要搏一搏，她还有这样的胆色。她拎着满满一袋沉甸甸的吃食，步伐不由自主地轻快起来，她穿过人群向着初识不过两天的赵永恒走去，却不知道手机被调成了静音，此刻妹妹正一遍又一遍焦急地拨着自己的电话。

玲惠打不通大姐的电话，转头拨给外甥小威，直入主题道：“你有办法给你妈手机定位吗？我怀疑她被拐了！电话没人接了！”

“什么？什么时候的事？”小威正在打牌，反应也是快，立即向牌友做了个“嘘”的手势。玲惠便将大姐如何认识了一个可疑的人，如何要跟他一起去做生意的事情说了。那边小威一拍桌子，“那还有啥说的，肯定是骗子啊！我这个妈！”

“小姨你别急啊，我马上试试能不能定位她的手机。”小威说着，屁股已挪到了朋友的电脑前，登录某系统后，输入他与母亲设置过的手机相关联的账户名，然而网络迟迟显示搜寻不到。

火车不停穿过山洞。玲花望着窗外呼啸而过的黑暗，手机屏幕上显示有妹妹十几个来电，令她过意不去，想拨回，信号却迟迟不来。旁边那位被赵永恒叫作张嫂的女人剥了一个橘子，分一半递过来，她接了，不太吃得下。这张嫂是他们在火车上坐定之后才上来的，赵永恒说，是他手底下一员工的老婆，又是老乡，顺道一起过去。那女人连连称是，赵总前赵总后地叫着，聊些自己丈夫的事情，两人看起来很熟。玲花心情不好，破天荒地懒得插话，火车钻出山洞，她起身想去车厢连接处看看信号会不会好一点，张嫂连忙掸掸身上的瓜子壳，笑说：“大姐等等，我正要去解手呢，搭个伴儿。”

厕所正被人用着，玲花和张嫂就站在车门那儿等，旁边还有俩抽烟的中年人。手机只有一点电，玲花试着拨了两次都没有通，她想着不知道妹妹急成什么样了，愁得不行。张嫂见状安慰道：“别愁，大姐您千万别愁，等你挣了钱回家，买多少好东西给你妹子，到时候大家乐还来不及呢！”玲花苦笑，要真那样就好了，她还想给小威置办一套房子，这年头，男孩子没有房子是找不到媳妇的。

张嫂还要说话，厕所门一开，她只好进去。说来也巧，就在这时，玲花的手机丁零零响了一下，是短信。在山峦重重中，在无边暗夜中，在密密相连的无信号地区中，一条信息就那么嗞溜钻了进来。

“妈！你在哪里？你遇上的人百分之百是搞传销的！千万别信！你不要怕，我们会找到你的。”

玲花正被震住，厕所门旋即开了，她一下将手机拿到背后去，陡地心乱如麻，神色不自然起来，勉强笑笑说：“咋这么快呢？”张嫂道：“小解，我这膀胱炎，一坐车就犯，老想上，上又只有一点点。”

“是，是。”玲花胡乱应着，一颗心早猛跳得像敲乱的鼓点。回想跟赵永恒认识两天来的种种，顺利得不可思议，如今回味，几乎没有一件不可疑。怎么办呢？可是怎么办呢？眼前这个张嫂明显是派来监视自己的，两个人守着，男的人高马大，女的看来也不弱，怎么跑得掉？

张嫂见她神色有异，当下生疑，问：“大姐，您没事吧？电话打通了吗？”

“没，信号不好，这段路信号太差了。”玲花拖延着。

回到车厢，赵永恒摸出一副扑克，玲花手里拿着手机，推说自己不会。“嗨！这有啥不会的。”赵永恒说着，漫不经心地将玲花的手机拿到旁边，面朝桌板扣下，说，“又不输钱输米，打发打发时间，不会我教你啊。”

火车在黑夜里轰隆隆往前开，玲花被张嫂死死贴着，除了配合，没有别的法子。她想找车上乘务员，想必乘务员不会管，何况她怎么摆脱得了这个张嫂呢？只能自己跑。玲花一面摸牌，一面打定主意，下一站瞅准机会就跑。

一眨眼工夫，已过午夜三点，赵永恒吃了仙丹似的神清气爽，一点困意没有，手机好好地扣在他面前，是别想拿了。中间玲花借口去了多少次厕所，张嫂就跟着去了多少次，玲花越来越确信，她根本不是尿急，就是监视自己，生怕自己找人求救。灯光惨白，照着一张张倦怠麻木的脸，车厢里的人大多歪横着睡熟了，就算没睡，谁懂她眼神里传递的信息呢？车窗外晃过去好几个有灯的站台，玲花想起来这一趟是特快，小站不停，怎么办？特快的窗是封死的，她想跳都不行。不怪妹妹担心，她是真的笨啊。玲花站在巴掌大小的厕所里，望着那扇仅可以透气的窗户，午夜的风灌进来，身上冰冷冰冷的。她想起那条信息，是小威，当然是小威，心里即刻又暖了些，小威说，妈，你不要怕。

玲花在厕所里的工夫都用来背小威和妹妹的电话号码了，这是她唯一记得的电话号码，这样的紧要关头，她怕自己记错啊。这趟回去的时候，恰好碰到一个巡视的乘务员，玲花赶紧问："下一站是什么时候？"乘务员说："五点。"张嫂马上警觉地问："大姐，咋了？咱们还有大半天工夫才到呢。"

"久没坐夜车了，闷得慌，想到站台走走。"玲花说。

张嫂狐疑地点头。

这边家中，玲惠夫妇和老家的小威乱作一团，玲花的手机终于不再无法接通，而变成了关机。这下好了，有信号都搜寻不上。玲惠后悔没给姐姐多说的机会，不然好歹能知道他们去哪里，走的啥方向，报警也有个大概的谱。梁政金灵机一动，说，火车票不是得凭证件买吗？我们马上去火车站找警察说明情况，看看系统能不能调出她买了哪儿的票。

他们连夜赶向车站。

## 十

明明是特快，却像乌龟慢爬，玲花每隔一会儿就假装不经意地扫一眼车厢那头的电子钟，每分钟简直像是从她身上凌迟过去的。她忽然想起来，刚才赵永恒去买车票，身份证还在他那里，身份证得要啊！她委婉地问他，赵永恒早有准备，说，一会儿在郑州车站取票还得凭证呢，大姐，我取了再给你啊。

实在没办法，什么都不要也要跑。玲花暗中给自己鼓劲，在桌下悄然活动着坐得发胀的腿，怕万一跑不动就糟了。

他们已经发现她起疑了，交换眼神，牌局一盘比一盘更激烈地杀着，眼看要到五点，赵永恒要去泡面，张嫂不想吃，玲花自然也不吃，赵永恒说什么也要给玲花泡上一碗。

天仍没有一丝丝光亮的迹象，车厢里陆续有乘客走动，有的迫不及待站到门口，熬更守夜地坐车，肯定是回家吧。玲花望着他们羡慕极了，她也想回家，想去候着，可是她知道她不能做出太急迫的样子，一急迫，就没法逃了。

赵永恒泡好面，又起新一轮牌局，时间掐得真准，火车进站了，广播说停二十分钟，玲花的心跳怦怦怦加速起来。月台上有灯，有小贩，还有个乘警低头点烟。

“摸牌呀大姐。”赵永恒哧溜吸进去一口面，催促道。

“唉，我坐累了，腰酸背疼的，想下车遛遛，一会儿接着打，你先吃面啊。”玲花说着，做痛苦状捶捶肩膀和后脖子。

“那怎么行呢，您看我牌都洗好了，面也泡好了。不急，这站停得久，这局打了咱们再下去都行。我也想下去松松。”赵永恒说。

张嫂丝毫没有让位的意思。过道里下车的人鱼贯而出，玲花口中说着“好吧好吧，再玩一盘”，硬着头皮摸了牌，暗地里心急如焚。

“对嘛，一会儿咱们一起下去溜达。”张嫂嘿嘿笑着，也摸了牌。

时间一分一秒过去，张嫂和赵永恒肯定约好了，每一张牌都犹豫得特别久，本来五分钟可以打完一局，加上他们不停催她吃面，里里外外耽搁了十分钟。玲花看机会很快就要消失，一局打完，她立马站起身，难以镇定地控制语气，不得不夸张地呻吟道：“哎呀不行，我这脖子、腰都快断了，必须下车晃一晃。”不由分说地从张嫂膝盖前挤出去。他们几乎同时站起来，跟在玲花后面。

扑面而来一股凉风，凛冽甘甜，沁人心脾。到站的人散去了，数量不多的乘客正在陆续上车，赵永恒若无其事地走在前面伸展胳膊做扩胸运动，张嫂抄着手走在后面，两人一前一后夹着玲花。两个推玻璃货柜箱的中年妇女在兜售一些包装好的食品，满含期待地看着他们，发现没有买东西的意思之后，漠然地转过脸。

时间一分一秒过去，只有七分钟了，怎么办。玲花的头皮绷得紧紧的，还够往前走一段，可赵永恒停住了，他站在那里活动。不管了，玲花咬咬牙，脚下加足力气朝前方一个乘警站着的地方小跑几步。张嫂阴魂不散地跟上来，一手抄在她的胳膊里，说："真冷啊，是得跑跑，跑一跑。"两人就那么滑稽地手挽手蹦着。

旅客上得差不多了，离重新发车还有五分钟，和他们一样下来活动的人纷纷朝自己那节车厢走去。赵永恒往回掉头了，玲花被张嫂挽着也跟着掉头，他们背对那个乘警越走越远，她心已经提到嗓子眼，按捺不住想大喊，但她理智地估计着他们之间的距离，恐怕喊不应。

近了，离车门越近，玲花脚下越发迟疑，胳膊间张嫂的手亦越发用力，她焦灼地想，怎么办，怎么办？电子钟不停朝前跳表，希望一点点破灭，连两个卖东西的推车都推走了。一时间她几近绝望，惨了惨了，不知道这两个人到底是搞传销的，还是人贩子，不知道自己会被他们带到哪里去，但有一点可以肯定的是，只要再上车，她就离家越来越远。

"妈，不要怕，我们会找到你的。"

想到小威这句话，玲花的眼泪一下子冲了上来，儿子是不争气，不上进，可他对她还是不错的。

还有妹妹，是啊，妹妹都是为了她好，她怎么就不听她的劝呢，还惹她伤心一场。

玲花自责极了。

乘务员从车门那里探出身子朝他们做了个赶快的手势。

“快！”玲花被张嫂拖着往前小跑，另一条胳膊被赵永恒拽着。

三人噔噔噔跑到车厢门前。赵永恒回头看二人连体婴似的，放心地一步蹬上去。

“上啊，快！”张嫂在后面推着。

玲花的脑袋以前所未有的转速运作，说时迟那时快，她一脚刚要跨上去，突然手往旁边地上一指：“呀！谁的钱丢了？！”

张嫂应声松手低头去看，就是这一低头的空隙，玲花赶紧收腿，掉头往刚才乘警踱步的方向跑去。她一边跑一边喊：“警察！警察！有人贩子！有——人——贩——子！！！”

玲花从来没跑得那么快过，风呼呼朝她眼耳口鼻灌着，她顾不上自己的行李，也顾不上行李里的钱，她连手机证件通通都不要了，她只要回家。

## 尾　声

玲花！快！快跑！往死里跑，加油啊玲花！世界空荡寂静，只剩皮鞋撞击地面的啪啪声音，还有心跳——空！空！空空！心脏仿佛要从胸腔破壁而出。凌晨的风这样冷，像小刀刺着鼻腔和呼吸道，玲花大口喘息，一口气跑出五六节车厢那么远的距离，终于听见列车咔嗒一声，开始缓慢往前运行，她确认了身后的人没有跟上来，才敢慢下步子，受奔跑的惯性影响，身体仍向前踉跄。前方那个人终于听清她的叫喊回过身来，而玲花走近发现，原来他不过是一个穿着铁道制服的上了年纪的老职工。

跑脱了，跑脱了。玲花想着，不停喘气，心跳还快得很，胸口有层膜挣得生疼生疼，眼泪下来。一节节车厢从她面前经过，加速前去的玻璃窗上映出她的模样，披头散发，涕泪横流又忍不住笑的脸上终于显出苍老的疲态。又一阵风吹过，她神经质地剧烈咳嗽，胯下一点尿没夹住，随咳嗽滋了出来，裤子湿湿的。

幸好赵永恒给买的那张到郑州的票还在裤兜里，检票出去时，天色蒙蒙亮，远空中启明星还未彻底暗淡，车站外兜生意的计程车司机、旅店老板、各种长短途票贩子为了生计搓着手纷纷围拢过来，不肯放弃任何一点零星的希望。可这整整一夜精神高度紧绷，玲花早已疲倦至极，拒绝时连手都抬不动。艰难地走出人群包围，站在空旷的广场上，突如其来的自由让她略有些不知所措。环顾车站两侧，多的是彻夜经营的小吃店，跟头天下午她和赵永恒吃饭的地方一模一样，灯光下劳作的身影进进出出，伴随着热腾腾的雾气。玲花知道那食物的滋味大概不怎么样，可她仍不由自主咽口水，饿了。

# 夜晚将至

## 一

“明天或者后天，咱把客请了吧？”老梁急匆匆从厨房出来，两手空空走到客厅中央，像忘记拿什么东西似的左右环顾。他大概想制造一种漫不经心突然想起这茬的效果，遗憾的是并不成功。妻子陈慧斜在沙发上，半身盖在被子里，她脸朝着电视，一动不动仿佛没有听到丈夫的话。

“早就说定了的，不请不好。单位同事嘛，联络联络感情，走动走动，接下来招标的事情才好商量咯。”老梁见妻子没给反应，连忙解释着，给自己打圆场。

“不请。”陈慧仍旧望着电视机淡淡说道，“凭啥要跟他们联络感情？他们谁和你联络感情？”

“你！你这人！怎么不懂事呢？”老梁急起来，像有张抹布不由分说猛地收走了刚才精心准备的耐心和表情，他冲妻子眼睛一瞪，眼珠子狂乱地转几转，眼白里的血丝更加黏稠和明显，陈慧不为所动，他只好气愤地说：“我做还不行吗？我做！不劳累你。”

“你好能干！”陈慧鼻子里冷哼一声，眼神将他从头到脚扫了一遍。

“难道我做不好吗？腊猪蹄、腊肉、香肠蒸上，炒俩小菜，实在不行再在外面买点卤菜。”老梁横眉冷对，她以为能难倒他？哪有想不出的法子。

“呵呵，你请客倒是简单，几个冷盘就算数。喝什么酒呢？你怕是要请他们喝茅台。”陈慧冷笑道。

“你的意思是我不能喝？我一瓶酒的主都做不了？我就是要请他们喝茅台，几瓶都喝了又咋的？”老梁声音高了起来，在屋里大步踱了几个来回，冲到桌前抓火机点烟，啪啪啪打了好几次才燃。

“随便你了。你爱请就请，反正我不管。”面对丈夫的火气，陈慧反倒轻描淡写。她挑衅地看着丈夫，看他一口猛接一口地抽烟，脸上红一阵白一阵剧情精彩，他毫无知觉自己的克制是那么无力，表情像一盘散沙。她甚至挺喜欢看他气急败坏的模样，觉得好笑，不知他为什么要这么生气，为了单位上那些并不尊重他的人，值得吗？陈慧痛恨丈夫的怯懦和窝囊，更讨厌他这样突然被狗咬了似的怒发冲冠的样子，她因此怪异地微笑了。

“我还不是为了这个家。不管就算了，你等着吃现成。总之你现在越来越懒，不是从床上挪到沙发上，就是挪到牌桌上，该干的事一样不干。要是我不回来，你怕是能饿一天……”老梁被妻子气得太阳穴突突直跳，鼻孔快速地开合着，两片嘴皮嘚啵嘚啵，没边没际地数落着。

“啨？这屋子不用打扫？地不用拖？衣服不用洗？你不过做几顿饭给我吃，就这么多意见？”陈慧这下也有些上火了，“你看见我吭哧吭哧干家务你就欢喜，看不得我躺着休息。”

“哪个家庭没有分工，我每天忙完工作又要忙家里，累啊。”老梁说着，失望地摇摇头。

“哈，你好多工作忙不完。”陈慧轻蔑地笑了。去年老梁上班的公司空降来了两个外地人，大股东派来的代表，事事他们做主，老梁早已是被架空的状态。重要的工作，有油水的差事，根本不再让他经手。虽然挂着副总的头衔，却不过是闲职，至多跑跑腿打打杂，跟一般员工别无二致。要不怎么说老梁这人忒可恨呢，人家让他跑跑腿送送文件盖盖章，他还真当送鸡毛信十万火急了，分明油门一踩就能解决的事，一副紧要得不行的样子，不知是自欺还是欺人。

最近他们公司从政府批了块地建商贸城，几个公司都想揽这桩活，有人找关系通到老梁这儿来，约出去谈了好几次，承诺了数目不小的回扣，可公司另外几个人每天秘密商议来商议去，老梁心里没谱啊。陈慧嘴上一个劲儿鼓励他尽人事听天命，心里却隐约有不好的预感，毕竟老梁在公司的话语权不比往日了，说得难听点，谁把他放在眼里呢。饭不是没请过，这些人有什么情谊可言，倒好，最近连每月电话费都给缩减了。陈慧想来想去怨不得别人，她这两年有些痛苦地发现，自己在很多地方看不起丈夫。老梁懦弱，顺境倒罢了，稍有不顺，他绝不敢理直气壮地为自己争取，只会搞这些小动作以保周全，她再恼他没骨气又能如何？总不能为了这些小事就不过日子了。她只是有些失望，他越义正词严，她就越失望。

“忙得很，事情多！”这是老梁一生的口头禅，以此推阻着妻子对他提出的大多数要求。这些年来，大到买房子、装修、老人生病住院，小到娘家、婆家、亲戚的丧事喜事，在老梁的词典里，没有一样不排在工作后面。忙是事实，嫌麻烦也是事实，他绝不肯插手那些他觉得完全不必要沾染的麻烦，为此宁可将工作无限度细分、重视。在别人那里是正常程序，搁到老梁身上就是光荣而艰巨的任务，说起来一套又一套，就像只他一人在忙着建设新中国，别人都是游手好闲。要不怎么说老梁可恨呢，丈夫的性格陈慧再了解不过，过去他真忙，她也迁就，现在他闲了，还是照样要理直气壮在办公室磨到下班时间才离开。平常还好，一般都能按时回来做饭，要是哪天碰上家里有什么事儿，比如前几天陈慧一面找人来家里修下水道，一面又要去医院给她妈送饭，老梁就回来得特别晚。陈慧心里有气。

“难道我不忙吗？工作还不是为了挣钱养家。请同事吃饭，无非想让工作好做点，想多存几个钱防老，你就不能配合配合。”老梁这个人性子虽急，到老了却终究还是想求个安稳周全，不免自觉委屈起来，碎碎念道，“我可怜，请个客打了这么多次申请，还得不到批准……”

陈慧不睬。

老梁上前要将烟头灭在烟缸里，陈慧才喝道：“拿来！”

老梁蒙了一下。

“烟屁股！还剩那么长一截就不要了，可惜不可惜。”陈慧将丈夫已经咬得湿答答杵得歪歪扭扭的烟头接过来吸了一口，说，“给婆娘做饭都值得拿出来喊冤，可笑不可笑？就冲老娘捡了你这么多年的烟屁股，你做做饭又怎么了。”

“我吃上半截你吃下半截嘛，公平。”老梁被自己的无耻和幽默打动了，当即转恼为笑。

## 二

说绝不帮忙，真到请客那天，陈慧照样忙得鸡飞狗跳。一大早将房间该打扫的打扫，该归置的归置，约莫十点就得去市场。她前一天在相熟的菜贩那里交代了一只正宗的老土鸭子，还有鱼，新腊的猪蹄还没烧过皮，也要一并拿去处理了，还得买些新鲜小菜。请客要真像老梁说的那么容易倒好了，多少个人多少个菜，荤素如何搭配，要什么汤，有小孩就得另加容易消化的菜色，这里面都是学问。上次请客，陈慧被老梁的同事惊到了，太能吃，眼下还难找那么能吃的。往好处想是自己手艺好，可细算起来成本不低。陈慧数了几张红票子揣在衣兜里，能不提包就不提，没办法，要买那么多菜，只恨没有多长几只手。

快步走到露天停车的地方，最近这一带到处施工，没有哪辆车不是灰头土脸。雨刮器一动，混合了大量灰尘的污水顺着挡风玻璃的两侧往下淌，陈慧恶心地“噫”一声，点火发动。倒车监控仪里依然一片荧光绿色，间或闪过一条闪电般的银边，这监控系统已经失灵好多天了，让老梁开去修理厂给人看看，他一直没去。陈慧叹气，不知怎的总有这么多做不完的事情，说好给老梁染头发，一拖又是好几天，脑顶的白扩了一圈，中午吧，中午回来怎么都得给他染了。

菜市场里人满为患，大概临近年节，人人打仗似的拼抢。有新鲜蒜薹了，陈慧凑上前一问，哟嗬！四块钱一两，还不给选！她略一迟疑，面前最嫩的两捆已经被人抓了去。顾不得讲价了，连忙捞两把给老板上秤，旁边一个大姐感叹道，这年头啊，菜比肉贵。陈慧边掏钱边想，谁说不是呢？

幸好是她提前交代了，要不依这菜市场的阵仗，不知道能不能买到什么好东西。小菜作料一一买齐全了，陈慧才去拿约定好的老土鸭子和刚杀的鱼，最后去取烧皮的猪蹄。老板见她两手挂得满满当当，还专门留了根食指来挂最重的猪蹄，不禁笑问：“陈姐今天家里请客呀，买这么多好吃的？”陈慧响亮地应道：“啊！请客！”

此时太阳已经升高了，明晃晃照在陈慧的脸上，两颊和鼻头正脱妆出油，晒得她又热又痒，却腾不出手去挠，只好不住地挤眼睛让皮肤得以收缩摩擦。市场大门口还有更多的人正涌进来，为了节省力气，她尽可能地走快一点，手指真像要断掉一样火辣辣地痛着。该死的老梁，哪次不是净耍嘴皮子功夫，最后事情还不是都落在她头上。微信朋友圈里的文章说得对，女人不要太能干，太能干了就得多劳。陈慧满载负荷奋力疾走，想起自己嫁给老梁的时候一样事情都不会，那时烧的是蜂窝煤炉子，她老点不燃，每次呛得头脸鼻子都是灰，有时好不容易点燃了，煮的饭又是夹生的，老梁回来，等不及他批评，她就开始哭，为自己的笨无比认真地伤心着。

前后二十多年，陈慧真是脱胎换骨了，再不是当初那个什么都不会的黄毛丫头。有时她为此颇感得意，有时十分困惑且疲惫，就像此刻太阳照着人，身上说不清是有种不耐烦的惬意，还是惬意得不耐烦，可能都有。

到家先把猪蹄泡在水里，方便一会儿打理，老土鸭子剁成一小块一小块，酸萝卜泡椒泡姜切好炒香加水煮沸，再丢鸭子进去煲上。刚擦擦手在客厅坐下抽根烟，老梁的钥匙就在窟窿眼里转得响了。

他进到厨房转了一圈，出来，问道："你还没吃饭？"

"饿死了，连早饭都没吃，忙了一上午，屁股这才挨着凳子。"陈慧斜他一眼道，"这样你就满意咯？像头牛似的干个不停。"

"哪能这样说呢，这样说多伤感情。想吃啥，我给你做。"老梁赶紧上前讨好妻子。

"煮碗面吧，方便。面吃了，我还要给你染头呢。"陈慧说。

老梁遗传了他爸的少年白。和陈慧认识那年，他才二十四岁，头上已有星星点点的白发，三十几岁开始，每个月就要染一次，否则早就全白了。很多次老梁都说不想再染了，麻烦，到底拉不下面子，直到习惯去的那家店关了张，才开始由陈慧买染发剂在家里给他染。老梁常去的理发店是个姓华的男人开的，专理男头，女的也理，没男头理得好，加上个性腼腆少语，年轻女顾客不大去。女顾客们大概不知道，这华老板虽然话少，却是这城里曾经风云一时的人物。

上了点年纪的人还能记得一些，华老板还是小伙子时，一张脸嫩得能掐出水。当时他在城里首屈一指的美发店里当学徒，师父也就是美发店的女老板，是个相当厉害的角色，一头招摇时髦的红波浪发，彩衣皮裤七厘米高跟鞋，如今说起来打扮落伍，那会儿可是美发店的活招牌。女老板收了不少徒弟，可谁都看得出，只有这小华是她心尖尖上的人物，两人年龄相差足有二十几岁，言谈举止间却尽显出超越师徒本分的亲昵。那时候美发店的生意用现在的话来说，叫“好到爆”，做头的，等位的，一半为了弄头发，一半为了看小华，女顾客们尤其爱看小华在师父面前那低眉顺目羞涩的模样，免不得开几句玩笑，出了门心里暗啐道，便宜了这个老妖婆。

小华和师父的绯闻在小城里传得沸沸扬扬，有人说是捕风捉影，有人同情小华出身贫寒无可奈何才被包养，也有人说他们是真爱。且不管他们之间有没有那一码事，师父对小华的“管教”是尽人皆知的。常去的顾客里有个女孩对小华有了意思，总来找他洗头，又老约他出去吃茶。起先师父借口店里忙，不让小华跟那女孩接触，后来女孩跑到店外等他，三人对峙，师父瞟了眼小华，替他回了说，他不想跟你耍。女孩要小华自己表态，小华为难不响，师父转头逼道，你说呀！正好瞧见他跟女孩递眼色让她先走，这可不得了，手里拿着的梳子啪地朝他脸上掷去，白生生的脸颊立即出现几道可笑的染发膏印子。师父将小华往门口接连推搡，“你滚，滚，你翅膀长硬了，想滚趁早，我这个庙小，容不下你了，反正我也老了，过不了多久就该死……”骂着骂着，竟悲悲切切哭了起来，搽了厚厚的粉的脸上淌满了让人难堪的眼泪。小华见状到底不忍，忙转头跟女孩说，你不要再来找我了，又是求又是哄地将师父拥回店里去。

这样的事情出过好几次，随着小华年纪越大手艺越好，师父眼见着成了半老太太，有人认真地想要给小华做媒，劝他脱离这种不像话的关系，没有哪次不闹得天翻地覆街知巷闻。后来大概师父是真老了，知道终究是留不住的，跟小华的女朋友也就是后来的妻子谈了条件，交了多少钱才给赎身放人。小华从此离开了师父那间生意兴旺的店铺，自己在一条小巷里另立门户重开了一家，两人对面走过也像是路人一般。说来也奇，自从小华离开，师父的店铺生意每况愈下，加上城里陆续开出其他技术审美都更时新的铺子，不多久那老店就关门了。

曾经引领潮流的师父忽然销声匿迹，好像谁都不知道她去了哪里——她一生没有嫁人，没有孩子，年轻时被深圳的富商包养，攒了钱开了美发店，现在店没了，真不知世上还有什么路是给她留的，她那骇人的七厘米高跟鞋又能走到哪里去。不知道小华会不会想到这些，他从来不提，他没有朋友，只有客人。小华每天守着他的小店，妻子给他生了个儿子，儿子慢慢长大，他也慢慢变老，熟客们没有变少也没有增多，还是那些知道他手艺的人。他们闲聊着天气和昨天的牌局，他一次次收割着他们脑顶的头发，从黑到白，剪一茬，就是一个月过去了。

华老板的店关了，老梁真不习惯。他走到熟悉的巷子，骤见招牌已经摘下，门口并无任何搬迁告示，心里像是起了一阵大风，七歪八倒，满目荒凉。他突然不知道该往哪里去了。在其他店里染过几次，总不满意，陈慧说现在的店都黑心，用的都是便宜染发剂，毒素多，索性在家里染，费点事，可安全啊。

染过头，老梁面目一新地去上班，说好会提早回来帮忙。陈慧说，好啊，猪蹄等你回来切，还有凉菜你负责拌。

## 三

在做饭这件事上，陈慧并不真的需要老梁帮忙，但夫妻间得时不时制造这种彼此需要的假象，是最近几年陈慧才摸索出来的真理。婚姻是分工，更是合作，只有当一个人感到被需要，他才会对这种关系产生真正的参与感和责任感，就是所谓的存在价值。陈慧其实不讨厌请客做饭，她是喜欢做饭的，一个人做擅长的事情时会特别享受。她只是讨厌老梁上赶着那些她不喜欢的、没有什么必要讨好的客人，她难道真的舍不得几瓶茅台吗？不过是心里堵着一口气，急于宣告所有权，至少一半的所有权吧。说来说去，她怜悯老梁太天真，下意识里以为几顿饭几瓶酒就能扭转颓势，陈慧身在局外看得明明白白，意气不必再争，老梁最好的选择是安安分分领着他那份还算滋润的薪水。他人蝇营狗苟也好，中饱私囊也好，睁只眼闭只眼就让它过去算了。好处谁不想贪图呢，可惜老梁年轻时一身正气转不过弯，尽想着如何将企业往正轨上摆弄，多少机会放在眼前，他不敢也不愿去够。没有点儿灰色收入是假的，可和一同打拼的那些人相比，老梁真是千不值万不值。

陈慧偶尔会不平衡，谁老婆又去欧洲玩了一圈，谁又置办了新的首饰，多说几次自己也烦了。有钱当然是好事，但她不是不明白，有多少钱就要担多大的风险，老梁从来不是冒险的人才。他常感叹，若非当年政策放宽得以应征入伍，恐怕要在山上老家种一辈子地；若非后来遇到机会进了现在的公司，恐怕还在那家奄奄一息的国有企业里写文件办板报；若非这前后十几年的顺风顺水，凭老梁过去那七八百元工资，怎么可能住上一百多平方米的房子，更别说给儿子在省城出了公寓首付款。

眼下的日子是很过得去的，大多数时候他们环顾周遭，由衷地感到庆幸和满足。可谁没有一点点私欲和嫉妒？去年公司空降来肖、姜二人，削了老梁的权不说，连老梁惯用的奥迪车也给取消了，美其名曰“公车不私用”，实际是轻视他。陈慧要强，见不得丈夫受气，当即拿存款给他付全款提了辆帕萨特，过后又觉得自己这样赌气，在别人眼里怕也不好看，左右都挂不住。老梁说，他们讨论事情把办公室门关着，怕他听了去，自己年终奖金也比他们短些，他一面气愤委屈，一面安慰自己要平常心。陈慧脾气上来少不得骂几句老梁窝囊，骂狗日的几个不把人当人，又不敢骂太狠，怕老梁心里更难受。她只好说，不想干就提前退休吧，不缺这口吃的，老梁没说什么，明摆着不服气。他爱工作，一辈子扑在工作上，公司有事哪次不是他当前锋，炎夏寒冬出差从无怨言，要功劳有功劳，要苦劳有苦劳，怎么突然就成了可有可无的角色，他受不了的是这种心理落差，失重。他总说肖、姜二人年轻气盛，当然不把别人的意见放在眼里，公司没什么麻烦就算了，有麻烦还是少不了他，论经验论资历，他老梁是当仁不让的第一份儿。

明知别人假公济私大把大把地将钱往怀里圈，老梁深觉一种平衡被打破——那种心照不宣、贪图有度的平衡，他痛感秩序的败坏，更深一层，新秩序的无力参与使他恼怒。塘里有水没错，伸手舀点儿也在情理之中，就像小时候过年时亲戚送来纸包的白糖糕，他抠一点来吃，觉得甜，却断不敢多抠，怕坏了形状被父母发现要挨打。现在白糖糕不只被抠变了形，甚至生生少了个角，而且并没有谁被责罚，老梁禁不住也想手伸过去加入那瓜分甜头的队伍，却早已失了先机，挤不进去了。

欲望好比盐水，喝不着渴，喝着了更渴。糟糕的是，与这欲望一同汹涌扑来的，还有迟暮的焦虑。老梁今年五十，要说不算老，可在公司被冷遇，好像立即衰弱了好几岁，常常唉声叹气，莫名地发火，晚上八九点就困了，一睡睡上十小时，衣服四五天都懒得换，整个人暮气沉沉。老梁过去并不在乎谁请了他，他又该请谁，如今事事计较，生怕做得不体面落人话柄。他在公司不得意，指望妻子在后勤方面给点力，请几顿饭，喝点酒吃点菜，直白点就是套近乎。这些年家里迎来送往多少人，老梁深信这一套有效，他大概忘记了，过去是人家拎着烟酒上门，现在自己三番几次邀请人，三十年河东，三十年河西。前两天夜里两口子说到这事，陈慧感慨：今年连小张都不来了，现在的人真现实。老梁说，我看是你太势利眼，来又如何，不来又如何，我无所谓！

陈慧不响，没有为自己辩白，她心知肚明老梁这点“无所谓”是强撑的骨气，更不忍戳穿。她撇嘴道，我更无所谓，我还懒得做饭呢！这话一半顺着丈夫说，另一半是真心，她素来喜欢热闹，可这两年对于人来人往渐渐疲乏了。准备大半日，吃两三小时，然后再用两三小时收拾狼藉洗碗拖地，这个过程中人像高速运转的机器，摩擦出刺耳的声音，火花四溅。身体累，心更累，忙碌大半日后其实根本吃不下什么，酒倒是一杯接一杯喝着，直到曲终人散，犹如电源被拔，仍凭惯性朝前懒散转几圈，最后才呜咽着慢慢停下。

没意思。

很多事情没意思。因为这种顿悟，更觉得没意思。可什么才有意思？沙发上躺着看电视剧，也有看得腰酸背痛的时候，麻将桌上时间虽然好混，手气坏时却架不住一再地输，说到底这样的生活也不是陈慧所追求的。有时半夜迷糊醒来，电视机还开着，老梁睡得像头猪，她去卫生间马桶上坐着看淘宝，一不留神竟坐了快半小时，屁股都凉透了。很多东西都想买，放到购物车里，回头再看，又感到没有什么是必须的。她唯一最想的是出去旅游，换换这沉闷的空气，但只要提起这茬，老梁立即反问：钱呢？哪来钱？陈慧心道，你少请几次客，什么钱都有了。

站在厨房里剁辣椒，腰一阵阵酸痛，像有闪电四面八方劈着它，多站一会儿，便觉得身体都不是自个儿的。陈慧四十八，模样一点不显老，可肉身是敏感而具体的，等她终于齐备好大半食材，该炖的炖好，该烧的烧好，该蒸的鱼码好葱头放在一边腌十分钟，最后将要炒的荤菜素菜也都一一备办妥当，到客厅沙发准备坐下时，腰里仿佛杵进一块钢板，硬邦邦的疼得人直皱眉。墙上的挂钟已经越过了五点四十，老梁该回来了，过不久客人也要到了。陈慧点了根烟，从茶几下掏出粉盒子往里照照，象征性地拿粉扑在脸颊上按了两下。

## 四

透过黄昏沉沉雾霭，老梁家客厅的几扇大窗像火把一样在灰暗的深冬天色里熊熊燃烧着，吊灯、壁灯、射灯尽数打开了，房间里人影晃动，充溢着碰杯的声音、交谈的声音，以及陈慧独有的爽朗的高声大笑。某位客人用力将鼻涕往回吸，让它穿过上颚再像子弹那样从嘴里发射出来，“呵——忒！”完成发射，那人重重地关了窗。从对面楼上望过去，仿佛有只手调低了窗内的音量，只看见起了雾的玻璃后面，几个酒后比手画脚、激动不已的人。

每扇窗都是个舞台，上演着大同小异的俗世生活，你方唱罢我登场，今天这小区里表演的主角，显然是老梁一家。

这顿饭吃得宾主尽欢，老梁担任酒司令，将“上座”一席出让给肖总，他与姜副总一人坐一边。另外还有公司几个同事，办公室主任小李、司机小郭、会计赵老师，等等。照例要先敬大家一杯，然后挨个单独干杯，这叫“罚点球”，初次喝酒的两个人要加喝一杯，第二杯则叫“加深感情”，酒过三巡之后不必劝酒也不必客套，无不满斟慢饮。老梁话匣子打开，聊的都是早年公司建立时如何艰难，如何开拓，如何一天天有了现在的规模。陈慧冲他使眼色，他哪里还看得见，她只好响亮一笑夺过话头，将话题引到年轻时无关紧要的往事上，她和老梁如何经人介绍相识，如何一见钟情，自己又如何从什么都不会的黄毛丫头历练成今天的女汉子。众人听得大笑一回，惊叹一回，感慨一回。肖总拍着老梁的肩膀说，老哥，你福气真好啊，嫂子这么漂亮还这么能干，上得厅堂下得厨房，简直就是女中豪杰。姜副总也在旁边帮腔说，是啊，嫂子这手艺绝对一绝！啥时候我让我家那位来学习学习，不知道嫂子肯教不？陈慧一边打着哈哈一边起身去厨房，说你这么会说话，我不加点菜说不过去呀。

“不用啦不用啦，菜这么多。”众人纷纷道。老梁说：“没事，让她再炒两个小菜，快得很！”

陈慧已经有些轻微的晕眩，脸颊热乎乎的，有团火在心窝子里上下窜个不停。她手指灵活地择着菜，不时冲厨房外的餐桌望过去，老梁不知何时又坐到了他惯常的上座位置，正襟危坐，比画着手势，挥斥方遒的样子。他声音高亢明亮，间或唱几句歌，间或慷慨陈词，惹得满桌人又是笑又是佩服，频频向他献上恭维。这样的时候，仿佛有一股精神气在老梁的身体里暂时复活过来，他又变成了那些年意气风发的那个他，满座宾客皆成为他的陪衬。陈慧虽有点晕眩，却仍保持着几分理智，她知道老梁醉了。因为他醉了，他才得以如此投入地重新扮演过往熟悉的角色，他完完全全沉醉其中，好些话越说越远，眼看着扯不回来。陈慧熟悉老梁这种样子，他还以为自己举足轻重，肆意挥洒着酒精和激情，直到慢慢开始失控，她讨厌他喝酒喝到忘了形，可他过分漆黑的头发、眼里闪烁的光芒、嘴里过时的歌曲和对她来说已经烂熟于心的亢奋发言，都令她忍不住有点难过。

演出太成功太圆满，高潮之中又几度再掀高潮，最后茅台开了三瓶，杯觥交错，然而看着风卷残云后满桌零落的残渣，大家突然有些不知如何收场。主人当然不兴说“吃罢了散会吧”，直到肖总提议，“我看酒也吃得差不多啦，我们都走了吧，你们也累了一天。”老梁还想留他们吃吃茶，几个人却已摇摇晃晃走到门口，反复说着，“老哥辛苦了，嫂子辛苦了，添麻烦了……”老梁执意送他们到楼下，片刻后返来，砰一声将门合上，大着舌头满脸得色地往沙发上一躺，一手摸着肚子，冲另一张沙发上歇息的妻子说：“成功！今晚的客请得太成功了！大家都满意！我高兴！”

“你老婆手艺不错吧？几乎一扫光！”陈慧笑着也抬脚躺下来，腰疼扯得她呻吟了一下，蹬了蹬胀痛的小腿肚，唉，先歇歇，满桌碗还没收拾呢。

“不错！尤其那个老鸭汤，赵会计吃了好多哦！”老梁赞道，又说，“要不我去洗碗吧，你辛苦了，你歇着。”

“算了，你已经喝醉了，洗得干净啥。”陈慧说。

“我哪里醉了？！我清醒得很！”老梁不服道。

“就凭你酒桌上说的那些话，还没醉？”陈慧忍了忍，没忍住。

“我说啥了，我说错了什么吗？！”老梁为了表示自己没醉，呼地直起身子，灯光下他新剪的头发往上直立着，眼睛里都是血丝。

“你没说错，你就差没指着人家鼻子骂啦。”陈慧说，“既然要请客吃饭，还提那么多以前的事情做啥，你们过去那个团队好，那个老总好，咋被人家新的大股东取代了呢？我知道你平常圆滑，没想到连到什么山头唱什么歌都不知道。”

“我圆滑，我不知道，我说错了吗？我不知道究竟哪句话说错了！”老梁抓了根烟点上，有点语无伦次。

“我没说你错了，我的意思是，不必要过于表白自己，点到为止就行了。可你呢，手势都挥到别人脸上去了。纠正过多少次，还是改不了！”陈慧说着叹了口气。

“点到为止，啥叫点到为止，我不懂！我改啥，我啥都不改！”醉意和恼怒在老梁酡红的脸上风起云涌，他双目死死盯着电视机漆黑的屏幕，就像那里正在上演一出精彩的谍战剧似的。陈慧见状，知道说也无用，他醉了。

“你醉了就去睡了吧。”陈慧说。

“我醉了？我哪里醉了？我要看电视！”老梁说着拿遥控器一阵乱按，气不过又转头说，“我看你才醉了，你看你那副样子。”

沙发上的陈慧已经脱下了厚重的皮草外套，羊毛短裙也褪下了，打底裤是薄的，因而显出屁股和肚腹处的一圈肉来，她这两年胖了好几斤，且全胖在肚子上，穿着衣服不觉得，脱了后像挽着一只游泳圈，此刻松松垮垮地向着坐垫上坠。她因为腿疼，本能地让两脚抬到靠背上，等血液回流，这个姿势就像一只被吊起来的青蛙，看上去的确有些滑稽。

“我这副样子很给你丢脸吗？哈哈。”陈慧笑，老梁一说，她故意把倒着的两腿分开，像要生孩子似的，她确实有些醉意，因为平常她再疼也不会做出这样出格的姿势。

“啧啧啧，我不看。”老梁夸张地做嫌弃状，把眼睛蒙起来。

陈慧又是一阵大笑。

夜已经深了，小区里有些人家关了灯，有些没睡的，玻璃窗上闪着电视机光芒的影子。又过了一会儿，老梁也睡了，进屋就趴在床上，睡得不省人事。老梁家的大灯仍开着，灯下陈慧弯腰用力拖地。刚刚过去的大半日像演出更像打仗，金戈铁马声声乱。她拖着地，每擦一次汗，脸上的妆就脱一点，她的心也一层一层安静下来。厨房重新整齐划一，七歪八斜的餐桌椅也归回原位，地板越来越明亮，这疲劳甚至是愉悦的。

## 五

几天后招标结果公布了，不是老梁推荐的那家公司，虽在意料之中，可陈慧接到电话还是好生怅然了一下，这意味着她那些本就不大像真的旅游计划更加成不了真。她思忖着如何开解老梁才会让他既得到宽慰又不至于自怜，前前后后几个月，他确实付出了不少心力。她做了几道他爱的家常菜。

老梁回来了，面色如常，甚至有些轻松。提起这事，他和妻子说道："正常的，游戏规则嘛，注定只能有一个公司中标，别的都要出局。"

他又说，眼下这种形势，当然是肖总推荐的那家中了，只是奇怪，那家公司的预算也太低了，低得不合常理。

陈慧赶紧问："通了气的？有猫腻？"

"唔……管他呢，反正尽人事听天命，以后的事再说吧。"老梁说着，往嘴里送了一块五花肉，又道，"是我的跑不掉，不是我的得不到，财运啊，都是命中早就写好了的。"

陈慧听丈夫这样说，知道他意难平，想说点啥，却又觉得没有比漫不经心的沉默更合适的了。这时手机突然响了，是陈慧她妈。

"啥事啊？妈。"陈慧问道。

"啊？！你请啥客，我不是说让你别做吗？！不准做，没人去吃！"陈慧声音尖厉起来。

"什么？！菜都买好了？鸡鸭鱼都有？！"陈慧勃然大怒，对着电话直吼，"你老是这样自作主张，每次叫你别做别做，做了剩一堆你又要吃半个月，哪家请你你只管去吃，八十岁的人了还啥礼？随便你买了多少，反正我们不去。"

"喂！喂！"陈慧冲那边喊了两声，对丈夫无奈地翻翻眼睛道，"我妈气了，把电话给挂了。"

“她又要请客？”老梁问，去年腊月丈母娘请的那顿他还没忘呢，想起来那些品相堪忧的菜色仿佛还没消化完。

陈慧苦着脸道：“嗯啊，背着我菜都买好了。”

“哪个吃嘛！！”老梁也痛苦地嚷道。

“唉，我也知道她的意思，不是想请客，是想快过年了，邻居看着家里热闹，她有面子。”陈慧说着，有些后悔刚才没压制住自己的暴脾气。

可能是这个理。老梁摇摇头，说：“去吧，有啥办法呢，老人嘛，怕冷清。”

陈慧记得少年时和表兄妹一同过暑假，夜间去吃烧烤，一群人在路边尽情高歌，明明很开心，却不知为何，回家总会在被子里大哭一场。非常非常孤独，无法排遣的孤独。其实聚会过后更冷清。到底是年轻啊，不知这人间，本就是寒来暑往，日出日落，人聚了，人又散。

# 第二辑　听风的日子

# 忆旧时

今晨外婆打电话来说房子卖掉了，二十七万五。卖房子的事讨论过多次，总没下文，下意识里认为好像它不会真卖出去，如今突成定局，霎时间有些空空落落。我妈叹口气道：“房子卖了，你外婆只怕也该去了。”我黯然，知道较小的两个阿姨生活局促得早就做好了分配这笔“遗产”的计划，何况对于节俭一生的外婆而言，这套房子是她的主心骨和退守之地，失却了，精神整个垮掉是有可能的。外婆在那里住了大半辈子，从小院子到后来盖的楼房，我都有不少记忆，择几件事写写。

应该是2001年初秋，外婆搬新家。那年春天，我妈去广东帮忙打理小姨的餐馆，我爸听了小叔的话从单位离职，帮他跑跑腿，挣点没保障的辛苦费，我则像小时候一样，有时和外婆同住，有时独自在家。2000年，外婆的老房子拆了，整整一年时间四处租屋，住过废弃的鞋帽厂老宿舍，水泥地的公共厕所没有灯；住过屠宰场旁的水泥楼，屠宰场气味浓烈，每天夜半会传来猪凄厉惨烈的哀嚎。妈妈走前说定秋天开学后让我同外婆一起搬到新屋，念书很近，免得跟着我爸三餐不定，但我不开心，再苦也好，不愿意与父母分离。

外婆的新屋在底楼，光线不好，这是唯一使她不满意的地方。那是我们县城中学的教职工宿舍，外婆退休前是学校食堂卖饭做菜的炊事员，集资分房当然没有优先选择权，她为此耿耿于怀很久。虽说不满意，搬新屋总是喜事，那时外婆尚且六十几岁，腿脚硬朗，整天为了扯布做窗帘之类的事情忙碌，倒也兴头冲冲。记得第一次去参观新屋那天，外婆指着最大一间卧室对我说，璇妹儿，开学后你就住这间，表妹住隔壁那间，外婆住中间那间没有采光的黑屋就好了。外婆一向对我疼爱有加，这种优待，那时竟觉得自然而然，因为牵挂着爸妈以及我们那个漏雨的家，并没有十分开心。

我房间的窗帘是淡绿色的，描有些许植物的枝蔓，表妹那间的则是天蓝底色，上有星星月亮。表妹的父母很久以前便离异了，她自小跟着父亲在附近的乡镇生活，小学快结束才随父亲工作调动从乡镇搬到县城，此后一直在我家、她妈妈的新家、爸爸的新家轮换着住。虽然都是亲人，却似一种流浪。外婆的屋子置办好，正式接管了我们这两个没有着落的“孤儿”，有表妹同住，我的孤独感少了些。后来屋子的分配没有按照先前的安排，但我与表妹仍旧住了最大那间，外婆住了蓝色窗帘那间，外面连通着一个小阳台，供了佛龛方便礼拜。

房子离学校门口只有近三分钟路程，我和表妹每晚下自习后都要绕着街道走一圈才肯回去。夏天夜晚，人群里身体散发的汗味、洗澡过后清凉的花露水味，以及自郊野而来的植物腥气混杂着，我们没有寻找什么，却总似丢失了东西一样，穿梭其中，既盲目又焦灼。

在外婆家的日子安静得近乎安详，尤其是周末，一把风扇懒懒转着，阳光和蝉鸣在窗口逡巡不去，我们歪在沙发上看电视，桌上永远放着几小碟吃剩的咸菜腐乳，苍蝇飞过来，外婆用蒲扇“噗”地将它挥开。表妹偶尔兴起，指出外婆念一句阿弥陀佛总要拨两三颗佛珠，外婆当然不肯承认，急起来像要晕厥过去。

我是在外婆的新屋里住着时生的病。高二第一学期，变得怕冷，浑身肿胀，只记得每天晚上身体冰凉地钻进被窝，将头整个捂起来努力呼吸制造二氧化碳使被子里变暖。走路很吃力，疼痛，冬天时我已经不能和表妹去散步，却不知道自己是病了。

爸爸隔几天会来看我一次，我既盼望看见他，又很怕看到那张疲惫阴沉的脸。爸爸足底平，不太能走路，往日一小段路都要坐三轮车，那时身上经常只有几元钱，往往从城那端一路走到外婆家，累得一头大汗。我放学回去，若是看见他的鞋子像两艘破船落魄地蹬在门口，一颗心便紧紧揪了起来。底楼光线极不好，可外婆素来节约，不舍得开灯，我仿佛带着必死的决心，一头扎进黑暗的客厅。爸爸像负了千斤的担子坐着，尽说些叫我懂事好好读书不要贪玩之类的话，此外就是叹息。他的叹息也重千斤。

爸爸提及妈妈，讲她天不亮推着很重很大的推车出去摆摊，洗菜刀时伤了手，小姨和小姨父对她苛刻，她很辛苦，难过起来会想死……说这些，或许是要激励我奋发，可我心里一味害怕，不知道繁重的劳动把妈妈折磨成什么样子，又担心天桥上的风太大，担心她一念之差。能够和妈妈通电话的机会很少，只有等她用IC电话打来，然而总等不到……好在有表妹同住，也是年少，难过起来一会儿就没事了。

那年周杰伦出了《范特西》，表妹买了磁带，我们用复读机不厌其烦地听，我最爱《安静》，听得多了，也喜欢《上海一九四三》的怀旧和《忍者》的荒腔走板。我们过着和其他女孩差不多的生活，我开始写乱七八糟的诗和文章，莫名其妙地和一个总穿白衬衣的学长认识，很快又莫名其妙地变回陌生人。表妹喜欢排球队里那个其貌不扬性情孤僻的男孩，买回来大把塑料管要折星星，我帮忙折。这些并没有真正开始的故事，一如那些塑料管，最终被荒置遗弃在外婆的屋子里和旧年的岁月中。去年我回去时偶然翻出来，与表妹谈起，她已经忘得差不多。

腊月底妈妈回来，是一个深夜，我明知她要回来却故意早早睡下，怕万一看见她是憔悴不堪的。迷迷糊糊之际，听到外间嘈杂，睁开眼睛看到妈妈站在床头，啊，一颗心重重落下，她还是那么美丽，只不过瘦了些。妈妈检查我的腿，发现肿得快裂开，她气恼怎么爸爸和外婆都没有发现。其实是我不大肯说，生怕多生事端。妈妈当下决定，春节后带我去市里的医院检查，那年正月初二，我们踏上了治病的征程。我从来没有想过，这一路，会走了十几年。

由于病得突然，大家猜测房子风水有问题，为此外婆一直歉疚，多年来勤勤恳恳地为我的病做了不少法事。几年后她在家中摔过几次跤，严重到手断了，更认定不吉利，从此生出卖房子的念头。

同年 12 月，有个实习老师因为失恋从外婆家那一栋顶楼跳下，正好砸在我们窗口外面的空地上，是夜寒风刺骨。

年夜饭照例摆在外婆家，那两年却吃得不甚愉快。爸妈在很糟糕的局面之下，结束了惨淡经营的客运生意，欠下家里几个阿姨不少钱。各家有各家的难处，难免生出些抱怨，爸妈自觉低人一等，一来便钻进厨房拼命揽着家务做。酒过三巡，他们向姨妈敬酒，这在四川人的传统里是表示尊重的邀请，姨妈沉吟半晌才端起杯，半开玩笑半认真地鞭策道："我们全家现在这样，都是你们家连累的，祝你们早点脱离困境，不要再拖累大家了。"其他人喝着聊着，觥筹交错，桌上的鱼肉鸡鸭在水晶灯的映照下成了一摊灿烂的狼藉，这话清清楚楚落在我耳朵里，顿觉吃到嘴里的食物都成了锋利的兵器，难以下咽。不敢去看爸妈的脸色，只记得自己头一低，眼泪已涌出来。

暗暗委屈埋怨了很久，觉得这样亲密的一家人，为何在金钱面前变得如此冷酷？长大之后才懂得，遭遇挫败的人就像戴了灰色的隐形眼镜，处处将自己套进弱势角色，把外部世界通通视作敌对。本来平常的话听进耳朵不免成了讽刺，寻常的对待，也无端显出敌意。况且就算有情绪，亦不过是人之常情。

有一次爸谈起往事，说妈妈不在家的时候，有次学校要我交什么费，他身上实在没有，硬着头皮从东城走到西城去向朋友借一百元，人家不借。爸爸不喜忆旧，从未提过，说起来眼睛就红了。次年年初我检查出生病，当即休学，而后奶奶过世。我原谅了他那时所有的阴沉。

旋即又是冬天，春节前后，有日我在好友家吃饭，接到妈妈电话，她同我道别，说，你和你爸爸好好过。我慌慌张张打回去，听说是码头一带的公用电话，我丢了筷子就走。一瘸一拐找去河边，天骤然黑了，风声如泣。我不停喊她，妈妈——妈妈——越来越心灰，几近绝望，却无论如何都不能相信，不能放弃，我执着地喊着，良久，才听见她在深不可测的夜色里遥遥应我。踏着淤积的泥沙循声音而去，妈在远远的一块石头上站着，下面就是长江，她脱了外套，寒风刺骨，她说是为了让我们知道她最后来了这里。

还是在外婆家，姊妹间发生口角。我妈性格刚烈，想是压抑太久了，一气之下奔到河边。后来爸爸找来，没说什么，我们一家三口一步一挪地在路灯的清辉下沉默无言地往回走，灯光把我们的影子拖得又长又瘦。我妈头发披散，我及小腿的位置都是淤泥，冻透了又干掉，硬邦邦的。几个平日熟悉的朋友嬉笑打闹着经过我身边，他们同我招呼，我大概很僵硬地笑了一下。真是一段灰暗的日子。

复学，考大学，再次生病。我一直住在外婆家，因为自家的老房子在五楼，对我来说太吃力。其实无论父母境况怎样，外婆和家中长辈总是很疼我，她们找了很多不费钱的办法为我医治，针灸、草药熏蒸等，但最后只是拖延了病情。

好多个那样的日子，我发了烧，浑身大汗，虚脱地躺在床上，昏昏沉沉睡着又醒来。绿色窗帘被风撩得轻轻晃动，房间里光线幽幽，唱佛机里传出的声音回荡在屋子里，一股焚过香火的气味。不知不觉，又到夏天。

我坚持做了随爸爸到昆明生活的决定，彼时爸爸接到新的工作机会，走前踟蹰再三，想着树挪死人挪活，说不定咬咬牙能有一番新天地。就这样，爸爸刚去一个月，我也跟着走了，将整理好的书和衣服交给外婆保存，离开时我想着不回故乡了。真的没有回去。

如今每年回家一两次，扫墓上坟，与亲朋团聚，看望外婆。昆明距离老家 600 多公里，我们清晨驱车出发，傍晚就到。老家的房子卖掉多时，后来置了套新的。父母记挂着落叶归根，离家谋生奔波打拼这些年，总算没有白费。我是不愿意回去的，我妈也说懒得回，可临了依然兴高采烈地启程，后备厢装得满满的，都是带给亲人的水果和烟酒糖，像小孩子出游一样提前几天便开始欢喜。有时我会很羡慕我妈，有赤子般的感情，她这一生热烈地投入过，失败过，伤心过，还能这样充沛地爱着。

七八年间风水轮转，当年春风得意的小姨因沉迷赌博，赔光了辛苦挣来的家底，又与小姨父离了婚。去年年夜饭，小姨在厨房忙活，调侃道："以后我也开辆小汽车回来，两手一甩啥都不干。"我妈恰巧从外面经过，听见了，入了心，联想前前后后许多曲折，自小姨十几岁起照管她，落魄时做工受小姨父苛待和全家责骂，日子好了心心念念惦记他们，隔三岔五周济小姨，如今偷偷闲也要受冷嘲热讽，还没吃饭先大哭一场。

我妈拉我，说，我们走，这饭不吃了。姨妈和外婆纷纷来劝，将她拉回即将开席的饭桌坐下。外婆说，你要原谅她，她不懂事。姨妈说，小妹无心的，一定不是说你。我妈冷笑道："就我们开车回来，还能说谁？"她们说："哎呀，来来来喝一杯，不管那些，菜摆上了不吃就要走，还不得罪灶神。"我妈木着脸，不愿动筷，泪痕到底慢慢干了。

我坐在桌子一角认真喝汤，人情恩怨纠结，爱恨交缠，已不如少年时那么易于伤心动容。她们给予彼此的善待也好，苛待也好，以及各自从命运手里领受的那份艰难也好，不外乎是活在冷暖人世里极其普通的一页反照，不外乎人之常情。因太过亲近，因血浓于水，说来说去，伤害都是无心。表妹说，长大了，多多少少理解了她们，也体谅着她们，从前难以忍受的，现在见惯不惊。还是那间房子，窗外噼里啪啦，爆竹声声声不断，外婆的灯照例要在大家都齐聚的时刻才舍得尽数亮起，而这亮着的同一盏灯下，人面渐老，多少沧桑。血缘的力量神秘强大，他们吵吵闹闹，面红耳赤，更有时候大哭大闹歇斯底里，最后总归在酒桌上言和。所以我不当真。

陪吃一会儿，早早离席，去和外婆说话。她茹素多年，惯是端了饭菜到一边茶几上单独吃。近年来因为糖尿病和冠心病，饭量变小。外婆最爱吃的糖不能碰了，我买了些糖尿病病人专吃的零食回来，她欢喜得紧。外婆说："璇儿啊，你和小西这么乖，又有孝心，从小到大都不淘气，可是你的弟弟妹妹，没有一个听话。"说的是小姨的两个孩子，俱无父亲照看，没有经济来源，吃穿用度连同上学都靠外婆微薄的退休金和较大的三个姐姐支持。我本想反对外婆攒钱给小姨买保险，话到嘴边却说不出口，怎么说都很残忍。只是反复地摩挲着她握着我的那只手，皱起的皮肤，黑里泛红，还留着打吊针的针眼。她又喃喃地说：“外婆连洪福寺都去不了了，走不动了，以前你妈妈得肝病，我翻几座山给她找草药呢……”

是啊，我一样记得，初生病的那些年，外婆为我祈福，盛夏季节每日七八小时，跪足四十九天，就在这房子里，我对面房间右手边的那个小阳台上。外婆也曾为我走长路，负重物，做朴素而意义微小的努力。如今我斜靠着的还是当年的旧沙发，天花板上斑斑点点的陈年污渍，沙发肚子被老鼠咬空了，茶几玻璃下杂乱堆着一些药盒和不知过期了多久的饼干，许多年了，外婆的家什一件没有换过。

落入记忆如同溺水，这样陈朽的似乎只剩记忆凭吊的世界，我几乎需要挣扎，终于起身道别。对面阿婆家也在吃年夜饭，大门敞着，探头进去问候，当年跟在我们屁股后面玩的小淘气包如今已是高大的中学生，我的发小和他的女朋友脸红扑扑地坐在一起，看样子好事将近。

慢慢走下六级阶梯，就在这单元门口，我妈曾经摔过一跤，痛了几个月。

迎面撞上深冬里寒凉的空气，小城的夜晚充溢着安安分分的植物清香。大门对面墙塌了一半的院落里，一棵柿子树孤零零地吊着果实，这里拆了多时，居民早已搬走，不知为何久久没有建设，一年比一年破败。

下一段斜坡，就是我念书的学校。四岔路口，一段往“死人沟”（从前枪毙人的地方），一段往滨江路，另两段分别通向西、北两条街。学校正对面的小卖部，我两岁上下时就在那里买烟、打酱油、买豆瓣酱，一边走回外婆家，一边悄悄地舔舐，极爱豆瓣酱的辛辣鲜咸。

那时我们住的是过去地主留下的宅院，有侧门正门，有回廊和厢房，还有不断进深的四合院，窗棂上刻着兰花和诗句，正门外蹲着两只威风的狮子，隐隐可见昔日的气派。

关于老院子，记忆更为稀薄。每日晨昏学生急促的脚步声从外婆房间一壁上圆下方的窗口漏进来，一同进来的还有光柱中飞舞旋转的尘埃。夏天我在门槛上呆呆坐着，看雨成串掉落在石板上，石头水缸里惊起一粒粒珍珠，睡莲慵懒。秋天，天气晴好，院子中央架起凉板，外婆和陈阿婆轮番在上面将晒好的棉絮拍打蓬松，下面是浆过以后挺括干燥的白棉布，最上层是一方较小的大花土布，白棉布四边反折，裹了棉絮的边缘压着花布依序缝好，我迫不及待地趴过去闻米浆和棉布的气味，这是冬天到来之前最隆重的准备。

还有零星细节一一被记起，黄昏时开出的紫红色胭脂粉，竹椅子摇晃出的吱嘎吱嘎的声音，我被强迫睡了觉又醒来的午后，揉着眼睛走到门边，天地被淡蓝色光晕笼住，院子的那端，一条幽深的巷子仿佛没有尽头般地通往外面的世界。

2014 年 3 月

# 阳台上的哨兵

记忆中有一幕画面印象深刻，多年前的一个初夏午后，我在阳台上洗头。还是那套位于公路边上五楼的旧房，水泥地面，小凳子摆在脸盆前，旁边是一桶兑好的热水。莉莉小姨拿着漱口杯在旁边，温热的水流从头顶滑到脖子时变得微凉，但因为在初夏时节，那种凉非常惬意。埋着头洗头，脖子不舒服，眼睛紧闭，水还是一直往里淌。实在难受了，就屈起手指来在眼皮上刮一下，抹掉多余的水。对，我刮了一下眼睛，然后微张开一条缝，透过一绺绺粗细不一的瀑布群似的头发，看到一条米白色缀碎花的长裙，匀称的小腿，粗跟凉鞋。

画面背景应该伴有“哗”的一声，多年之后回忆起来，那是全世界的花一起绽开的心情。妈妈，出远门的妈妈，将我留给小姨照顾的妈妈，回到了我的身边。

之所以用这么多笔墨来叙述这个片刻，因为它总在我心中盘桓不去，反复回忆中，我深信，彼时一定有什么东西在灵魂里突然醒来。如果说此前对于父母仅仅是一种出于本能和天性的依赖，从那个时刻起，仿佛奏响了一支早已安排妥当的生命组曲。我的母亲，她回来了。在某个命定时刻，出现在应在的位置。

自小对父母抱着异常敏感的深情，那时父亲开长途客车，好几次去车站送他，我都哭着追出好远去。母亲有时去附近城市的姨妈家做客，我会每天爬到她的床上恋恋地闻她枕头上发胶的气味，然后打开衣柜将头深深埋进她的衣服里。

不过几岁，却常怀有忧伤和恐惧。他们若是偶有摩擦吵嘴，各自气冲冲地出门，我便时时刻刻担惊受怕，脑海里无数次上演诸如车祸、自杀、被抢劫之类的剧情。我们家有个很大的阳台，对着公路，楼下是个丁字路口，可无论哪个方向，到了夜深的时候，都是落魄而寂静的。多年之后我告诉母亲，我总是在他们晚归的日子里，跪在阳台的水泥地上向满天神佛磕头，祈求神明保佑他们平安回家。生怕不够虔诚，直到额头磕出肿块。

现在说起来是好笑，那样幼稚。我趴在阳台上，像个忠诚的哨兵，望着他们可能来的方向，过了一辆车，又过了一辆车。总有声音告诉我，再等等，再等等，于是每一次三轮车由远及近的“丁零零”都成了希望的魔笛，那个灰扑扑的冷硬的阳台护栏，见证了我最初的期待和一次次灰心。

直到看见他们的身影在远处路口唯一的一盏灯下出现了，悬着的心才放下来。同时又要辨别他们的步态，是一前一后不说话，还是并肩而行絮絮聊天……无论如何，我应该睡了。快速进房间，捂在被子里装睡，但不肯关门，虚掩的门缝透进客厅的灯光，以及他们的声音。我觉得安稳。聚精会神地听着他们的谈话，确定没有吵架，没有不快，我才能真正安睡。

有几年时间，家中经济窘迫，我生病休学，日子贫乏异常。父亲失去工作，生活来源竟是靠母亲在麻将桌上赌运气。我依然习惯于每晚在阳台上守候，在房间里侧耳倾听。若是有说有笑，就表示未来几日三餐无忧，若是两人都特别沉默，便意味着经营惨淡，甚至不知明天的午餐在哪里。沉重的空气碾压胸口，他们的一举一动牵动着我心脏的鼓点。不知别人是不是也这样，如此深切地感受到自己与家庭命运息息相关，像停在同一根琴弦上的鸟雀，无论喜悦还是痛苦，无时无刻都在震颤。也是多年以后，我意识到其中潜藏的深深的害怕。

转眼十数年过去，其间有两三次，我对母亲提起，那时念大学，每个月去 ATM 机前取生活费的心情，因为知道父母艰难，取钱时是痛的，仿佛在吃母亲的手臂。有时钱该到了，账户上却还是个位数，心里便又埋怨又担忧，在烈日的街头毫无办法地徘徊再徘徊。那时我的病变得严重，在宿舍发烧，连续多日不退，母亲好几次说来看我，我盼望至极，临了却总因为输了路费而失约。难过得要命，从此只怕有人许诺，因为承受不起失望的痛苦。有一次父亲帮人开车到我念书的城市办事，忙中抽了点时间来看我，他问我要吃什么，我说去吃包子和刀削面就好。饭后找了个河边喝茶的地方，五元钱一杯，父亲被这个数字吓了一跳，我有些窘迫，我们只点了一杯茶。

所谓深情，是在很久很久以后，想起来我的埋怨、失望、责怪和窘迫，都很愧悔。他们已经付出了所能给予的最好。

有一天莉莉小姨问我，身体如今变成这样难以挽回的局面，有没有怪爸妈当年没有为我好好医治。我说每一点过往的蛛丝马迹都是现在的成因之一，要去计较什么呢？不是不遗憾没有从发现生病起就一直规规矩矩在医院治疗，吃药控制，却在病情稍微缓解之后，因为进医院太贵，就四处寻觅偏方、中药、理疗等；也不是不自责我任性地挥霍着有限的健康，玩命地出门旅行，不计后果地吃止痛药，总是不吃钙片，以至于现在股骨头坏死到几近瘫痪的程度。

每一个岔路口都可能通向不同的未来，在一次又一次有限的选项中做出选择之后，我走到了今天。

对小姨说起，那些年没有网络，无法获取更多的医疗咨讯。身在偏僻县城，只得对报纸杂志上的消息抱希望。大医院永远让穷人望而却步。可母亲只要有两三千块钱，就会带着我出门寻医。我们搭过彻夜的火车去西安，住便宜的旅馆，在一个破破烂烂的医院里掏出全部的钱买了两个疗程的贴膏药。也在盛夏火炉一般的重庆被“烹煮”，在一家自诩“类风湿研究所”的医疗机构里，为了两千多块的中药丸子犹豫不定。我因为贵而想要放弃，母亲却坚持要父亲设法找钱寄来，那日我们买了回程的车票，在研究所旁边的公路牙子上坐了很久，不知道我平足的父亲，跑了多少路，看了多少脸色，才将钱打到了卡上。

那些药都没有用。我的身体越来越坏。

频繁发烧，类风湿导致全身剧痛，有两三年每天腹泻。外婆设法找草药给我熏蒸，求神拜佛信迷信。我说，小姨，你知道吗？后来想起，那些年的时间，真正把身体拖垮了，耽误了，掏空了。我真的也有过埋怨，很久之后仍旧意难平，如果能够早一点去医院，或者少做一些错误的治疗，是不是不至于这么糟？可是公平地说，那时的他们，已经在各自的能力范围里，尽了最大的努力。就连外婆可笑的迷信活动，连续四十九天的跪拜，数不清走了多少远路，拜访多少寺庙为我许愿，甚至承诺要和我换命……她亦已倾其所有。

何谓命运，大抵正如我所历受的一切。等有经济条件进全国权威的医院，并且类风湿已经可以通过治疗得到有效控制的时候，医生在我体内发现了更多难以解释的不能解决的病症。它们互相矛盾，越围越紧，像一个被谁设置好的恶作剧，以至于谁都不敢轻易触碰哪一个环节，生怕一动就像多米诺骨牌那样彻底垮塌。

今年之前，我并不感到对死亡的害怕。最危险一次是2008年，吐血，在血色素两克的死亡线上被抢救回来，医生说是奇迹。其实我是不知觉的。那时半昏迷，只记得迷糊中睁开眼睛，看见母亲将刚送来的血包塞到自己的肚皮上，她想让它变得不那么冰，不要让我痛。那次生病，是我最后一次听见母亲撕心裂肺地大哭。后来的这些年，时有病发了，半夜驱车赶往医院急诊的状况，母亲练出了一身镇定的本事。倒是我，在肉身的日渐损毁中，不复过去的坚强，有时会脆弱地哭着说，熬不下去。

难得健康平静的日子，与母亲驱车旅行，或者就近转转。市井生活，车水马龙，垃圾快餐，不管烈日和暴雨，或是再灰暗的天气，没有一样不觉得珍贵。也因为生病，我过着喜欢的安静生活，闲来读书写字胡乱画画，虽不够上进，却很使他们以我为荣。

不自由的肉身枷锁带给我的是另一番极大的自由。不必从俗，这是另一项神秘的馈赠，我是很知足的。很长的时间里，感激着疾病带给我灵魂上的宁静。生命无非是赴死的过程，不外乎有人快有人慢，活在当下，便是最大的珍惜。人生仿佛海上行船，在时而袭来的波澜中，倒是学会了从容以对。

看过很多中医，做过许多尝试，最终都成为一站又一站特殊而有趣的遭遇，被我一次次写进文字里。我曾经要求自己不要再絮叨关于生病的事情，更不能以此自我消费。但它已经占据我生命大半的时间，真的要割裂要掩盖，就只能呈现出虚伪的刻意美好。我写遇见的医生，写同病房的病友，写自己就医的心得，也写我真的累了，且身体糟糕，短时间内拒绝接受任何治疗建议。在疾病中我学会了“子非鱼，安知鱼”。我们只是茫茫深水中，两条无法真正体会到对方的鱼，因而更可以完成一种体谅，去理解和尊重他人的处境。

今年过去一半，得过四张病危通知书，其中一张来自华西医院。从华西回来，我们努力为彼此打气，却难掩失望——本已将它当作最后的希冀，最后仍是束手无策。出院那天，整个科室的医生都买了我那两本稚拙的书，来找我签名，与我道别。每一次就医过程最后都成为一段美好的善缘。对于这一切，我无疑是感激的，诡谲的是，这一切正来自于我的厄运。

我的医生事后和我在微博上保持联系，发私信给我，说很难过于当今医学的无能。还有医生发信息鼓励我，说尽量维持现状就是最好的，已经非常好了。我们为彼此加油，说要等待。

又是等待。我最习惯，最擅长的事情。我不怕。

感到害怕是6月3日那天。傍晚时分，忽然胃胀，随即喷出两口暗红的血。第一次意识到，如果没有足够被一件事情所撼动，只不过是因为离得不够近。这次我是真正怕，以至于想起去年九月远行欧洲，我在卢塞恩的一座桥上望着落日满心凄惶，只觉不知为何身在此处，又在巴黎那间旅店的小房间里哀哀哭泣，觉得离家好远，似乎永远回不去了。

我害怕。害怕就这么毫无准备猝不及防地离开。害怕在离开之后，父母最后一丝希望都幻灭。这么多年，他们做漫长而没有回本的投资，为我的安危而忽悲忽喜，我害怕终究使他们钱财散尽而依旧留不住我。要是我不在了，爸爸哭起来，我怎么能够安慰到他呢？也不能再陪着妈妈做家务，说那些无用而好听的话哄我的妈妈高兴。想到这些，深夜里眼泪直往枕头上砸，然后努力去设计，如果有那么一天，我要提前留下些什么，让他们能有长久温暖的安慰。

偷偷地存着微不足道的钱。每天都像最后一天，尽可能温柔耐心地对待他们，陪他们看电视，和他们说话，对他们说，我爱你。

有时坐在一边望着他们，眼睛就热了。意识到生命随时可能终止，死别是一把悬在头顶的刀，不知道它什么时候就突然掉下来，不知道自己还能撑过几次突如其来的袭击。身体在以异乎寻常的速度飞快地垮塌，去年我还能远走万里，今年已经举步维艰。我开始虚弱地想要寻求信仰，以获得内心的平静。早年我写过一些狗屁鸡汤，事实证明，人生的艰难是层层叠叠的大山，翻过一座还有一座，而人生的难题没有固定答案，我们只能不停求索，依然迷茫，依然惧怕，并且深感自己力量不够，岌岌可危。

这天夜里，当记忆重新闪回母亲穿着花裙子出现的瞬间，忽然明白了自己从年少时开始便深沉得近乎疯狂的深情。生命早就给出暗示，时间不会太多啊。所以我在应该是个没心没肺的小屁孩的年纪，就怀着不可思议的惊惧，夜夜守望，不能安眠。

那一日是在医院，父亲看过我，要匆匆赶回去工作，我催母亲送他下楼顺便吃饭。傍晚房间闷热，幸好病人们都出去吃饭了，一个人清静。未承想不过几分钟，母亲匆匆推门进来，她进来的那一刹那，我们同时读懂了彼此，与此同时，父亲的电话跟过来。

母亲与我从来是不讳言的，她说：“你爸催我回来，怕你太痛太辛苦了，承受不住，想不开。”我鼻子已经酸透，我说：“不会的妈妈。你忘了我是你们阳台上的哨兵吗？我总会等着你回来啊，再痛我都会坚持。”说完暗地里又是一惊。我害怕，害怕有一天他们回家，没有人在等。

小时候极爱唱歌，更爱听歌。有一次在姨父家里做客，因为听电视上的歌曲而耽误吃饭，姨父委婉地责备了我。我振振有词，说饭可以不吃，歌不能不听。我记得姨父当时轻蔑地笑了，没同我计较。很多年以后，我爱写作，胜过爱人，我总想着，写作可以使一切命途之波折都成为华丽的崎岖，我在病痛中收集着文字的素材。

那段时间却一直在想，可以不写了，可以做个废人，但我会很孬种地很惜命活下去。止血后须得经历断水断食的难熬一周，然后才缓缓可以吃一点清粥。那一个月，好几次饿到哭。什么都想吃，实在太饿的时候，就看图片。遥记得2010年在协和医院住院时，也曾夜里拉血不止，之后在日记里罗列很多喜爱食物的名称以自我鼓励。人要落到最低处，最一无所有时，方知一蔬一饭便是生活的真理。

第二个月总算能进点软食，外婆疼爱地买来我喜欢的蒸蛋糕，我大概太饿了，就着水一口气吃了小小的一个，然后再次出血。再次进医院，再次挨饿。整个夏天过去，人瘦得形销骨立，后来能吃东西了，也不敢吃，慢慢有些吃不下，应该是在饥饿的过程中胃缩小了。生病十几年，从未有哪一年像这年，从年头躺到年尾。我感到日子益发艰难，而自身的衰微与疾病的逐渐强大慢慢难以抗衡。那时候夜里常常流泪，过得隐忍压抑，因想到如果我不在了，许多年来乐观顽强活着的爸妈，会不会突然垮了下来。又想到我的书，我的衣服，我那么多终是累赘的身外物，每一点都会成为他们日后悲伤的线索。

9月开始在网上学习佛法，心里才慢慢平静了些。人不需要信仰或许只是没有到特别脆弱无助的时候。我终于又一点点回到过去那个自己，一点点看书，写作，珍视手中一点一滴，在窗台上养了好多盆小小的多肉。妈妈说，那是我的花园。

有天妈妈告诉我，她同学的丈夫也有我这个病，在某年的冬天因为吃了一片稍微滚烫的青菜，吐血身亡。我因此感到真正的无常，医生也说，有时不因为吃错了什么，一个喷嚏都可能血管破掉。于是我并不知道11月又是怎么回事，也是一个下午，突然就感到嘴里有血腥味，然后立即去医院，然后拉血不止。

联系上次市医院的医生，他不太鼓励我们再去市医院，因为药物有限，怕耽误病情。只好往另外一边更好的泸医学院进发。一路上在心里默念佛菩萨保佑，心情竟然较之上次平和许多，到医院之后又是一番急救、监护，终于再一次脱险。

去医院的住院部必须爬一个极为陡峭的坡，车子经过那里的时候，我便放下心来，到医院了，不怕了。这时窗外忽而晃过一株开满鲜花的树，仅仅一瞬，我也看得呆了，心心念念想着，出院的时候一定要再看看它。花儿啊，等等我，不要那么快凋谢。

2011年，我曾经在广州军区总医院住过几天ICU（重症监护室），出来时虚弱得只能佝偻着身体，走两三步就歇一歇。医院院子里有株三角梅，彼时也是轰轰烈烈地开着，丝毫不知人间疾苦。做花真好，自开自败，旁若无人。而我，亦因为那满树从未见过的浓烈色彩感到巨大的难以言表的安慰。

最苦最苦的时候，只要你肯张望，依然有花，有树，有鸟儿自由地飞翔在天空。虽然它们不为任何人存在，当你看见了，那美好就是独属于你的。

这次，已经习惯了饥饿和干渴，不再感到那么难忍。更重要的是，我们听说可以做手术缓解这种情况，被打击得萎靡的信心再次鲜活起来。其实每一次进医院，医生都会很有信心，提出很多方案，然后逐一推翻，最后无能为力。因此我也不敢抱太多期待，只是愿意为了爸妈，为了所爱的人，为了世上一切微小的美好，不惜冒风险，去争取任何一个活着的机会。当然，后来经过仔细研究，这手术做不了。一点都不意外，协和当年做不了，华西做不了，现在身体更差了，又怎么能呢？那就珍惜着，一日一日好好过吧。

出院时本来可以走别条路，我特意要求还走来时的那一条。幸好，花还开着，这次我终于看清了，是满满一树木芙蓉，一树繁花。虽然远没有盛放的时候那么好看了，但只要是生命，就这样美啊。

2016 年 2 月

# 雾中行

隆冬正式到来之前，妈妈来看过我一次，给我带来吃到放假的十盒药、两件毛衣和加绒的鞋子。那天我特地请假和她去镇上吃饭，走过坑坑洼洼的正西街，两个人不约而同地想起了报名那天，我们曾经坐在这条街某一处石阶上苦闷不已，彼时是盛夏，怕热的妈妈用一张小纸壳不停扇风，我盯着地面上自己的影子发呆……一片愁云惨雾的记忆。

不愿意给妈妈平添烦扰，我克制着，尽量不发太多对学校的牢骚，只说女教官们跋扈极了，课业十分单调等，除此之外竟想不出什么可说的。大多数时间里，便是无声走着，望着路边的行人发呆。穿过正西街，走到十字路口的农业银行，我指给妈妈看，喏，这是我每周来取钱的地方。随着又指向更远一点的储蓄银行告诉她，下次我们换个储蓄卡，省内存取都不要手续费。不远处围起来的部分似乎要建一片商业中心，规划图上标注着大大的伊藤洋华堂，每次我看到那片彩绘就莫名开心，仿佛连同自己的生活也有了希望。

妈妈见我不太抱怨学校，也再没提及退学一事，心里大约宽慰了些。她问我周末都是怎么过的，我说和同学去镇上逛超市，买水果，吃刀削面。没有敢提去网吧包夜的事，但告诉她我学会了打扑克，周六周日多是拿来打牌，打到昏天黑地头晕目眩为止。

“有人追求你吗？”妈妈问。

我打了个哈哈，说：“你瞧我们天天穿这制服穿得一脸菜色，拉倒吧。”

她也笑，伸手帮我将外套拉拉紧，又问：“平常冷不冷？”

“冷，又不能打伞，下雨就淋着。还有就是早上点名，浓雾未散，人像站在冰窟里，睡意一下就冻没了。这还不算最惨，惨的是点名不能带饭盒，等到跑完步再上楼拿了饭盒下来买早餐，包子也变冷了。所以我们现在都随身带一只塑料袋，跑完步直接冲去食堂，为了一堆包子馒头冲锋陷阵，效率奇高。”我说着时不觉得苦，单口相声般流畅得很，妈妈听了皱眉，咕哝道：“那怎么行。”

“没什么不行的，别人不也是这样过吗？”我总是用这句话给自己打气。

“你跟别人怎么相同，你是病人。”妈妈没忘我前两年那场恶疾，其实我自己倒忘了。

“不是你和爸爸叫我来这里锻炼的吗。”我说。话出口也觉得重了，妈妈果然沉默下去。

“已经慢慢习惯了，就这样吧。”我没头没尾地说了这句话，视线投向街道的那方，声音像小石子掷出去，一会儿就没了。

这是2003年的冬天，这座叫华阳的小镇正在修建，高高低低的建筑物往上顶着铁灰色的压抑天空，我的耳朵不时听到来自旷野里哭泣般的鸟鸣，它们忽而起忽而落。黄昏很快就尽了，黑夜从天空四角一点点淌下，树像受了风寒，抖一阵，便瑟缩着躲进黑色里。

送妈妈离开，在小镇与市区接壤的公交站，她要赶去坐最后一班火车。我们牵着手，一路走一路争执谁先回去的问题。妈妈仍记得第一次我出去买日用品，超时回校被教官训斥的事情，忧愁地说："小兔，你先回学校，你先回。"我说："没有关系，请了假，时间够的。"一辆公交车从身边擦过去，心里突然紧了，顿觉好多话没有说，可是它呜号一声停在前方站牌下，我只能说："快点上车吧，妈妈。"

说着我慢下，停了步子。妈妈往前走，跨出去两步，又回头温柔地看着我。

她说，注意身体，如果痛得厉害，就不要跑步了。

她又说，等过一阵有点钱，妈妈再来看你。

我点头，努力笑着，直到车灯慢慢远去。

现在想起来那一次见面如同漫长灰色的睡眠中偶然闯进的一个梦境，我几次想要向母亲求证是否曾有我于夜色中送她远去的事。不知为何最终都作罢。或许我不想提及的，是那几年不愉快的大学生活。

开学一个月之后我们的学校生活开始发生可笑的逆转，先前勉强算得上整齐的校舍如舞台道具被一一拆去，不仅换了食堂，连进出的校门都新开一扇。世界向我们开放的角度是特殊的，局促的。

新校门正对着一片荒凉土地，农田已经废弃，房屋还未修建，深秋季节里土地上空笼着一帐青烟。顺着地边的土路出去，沿公路往东走十分钟，穿过一条同样荒芜的田野小路，再过一片脏乱的城乡接合部，一所职业学校，几家卖副食品的批发店，一排由篮子大筐组成的水果摊，就到了镇上的一侧。这是我们摸索出来的通往外面世界的“捷径”，比走大路少花大约二十分钟，同时省下车费。

吃什么不紧要，一碗刀削面，两只灌汤包，皆可当作平日里学校素淡伙食之外的饕餮；穿什么也不是那么紧要，小镇的街道还不及老家县城繁华，结伴游荡的技术院校的女孩子打扮中透着脏兮兮的乡野趣味。令人苦闷的是渐渐暗下的天空、灯火疏离的街道，在夜间骤然宽广、深邃如海的路面，我拎着一周所需的牛奶、纸巾和少许零食，站在闹哄哄的超市门口，被巨大的茫然扼住，不知何去何从。想到要回牢笼般的学校，按时熄灯，在寂静的黑暗中熬过大半晚失眠的夜，不回去，不想回去，仿佛有只手把人往反方向拽，就那样站了好久好久。

像迷路般，浑浑噩噩地钻进路边的网吧，浑浊温暖的空气，一瞬间竟让人眷恋。

走出网吧的清晨，冷风唤醒身体各处熟悉的疼痛，也吹走了前一夜的茫然，新的忧愁立即捕获了我，我为自己无所事事地消耗掉八元钱感到羞愧。走路去自动取款机取下一周的生活费，摁键的过程无疑是酷刑。那年我每月生活费是五百元，通常在第一周取二百元充饭卡，然后每周取一百供日用，很多次那一百没能如期到账，屏幕上显示出尴尬的一位数或两位数的余额，我知道家里的情况必定窘迫非常，在街上漫无目的地走几个来回，再去看卡。幸而大多数时候，那一百元总是静静地在卡上等着，乖得让人心慌气短，我摁下取款的数字，就像锯掉仅有的一条胳膊那样痛苦，将单薄的一张纸币揣在怀里，那是妈妈的胳膊，我难过地想。可是马上就要将它打散了。

天气越来越冷，有天从网吧出来，发现自己完全抬不起腿，关节里仿佛有几万根针管在猛刺。路边停着一辆出租车，我问过价钱后爬上去。到了学校大门，司机要收十元钱，不肯找更多。我努力装作强硬，争辩说，你明明说好是四元。司机狡黠地说，你听错了，话都听不清打什么车。车子一溜烟开走，我知道是自己听错了，欲哭无泪地站在路边，这时大概是早上七点半，四下里起雾了，雾是冬天才能有的。

两三个晨归的人从不远处走来，抄着手，弓着背，在雾中像两个慢慢移动的小墨点。天色未亮，牛奶色的薄蓝浸泡着田野耷拉的几茬枯枝，它们蜷曲的身形，像站了一夜的累极的人。我呆立着，满世界好静，连一声狗叫鸡叫都没有，雾里的湿气变成刀子在我的骨头上拉锯，忽然记起昨天买的五个苹果忘在刚才的车上，浑身的酸软顿时膨胀了好多倍。真想就地躺下啊，我想，却只是原地站了一小会儿，一步步挪进校门。

这是 2003 年年末，一些雾色的日子。

2011 年 9 月

# 听风的日子

我住的房间有一面很大的、矮至小腿的玻璃窗，某天醒来拉开窗帘，外面一棵树上覆盖着薄薄的雪。叶子仍然繁茂，因而雪更像一层轻灰，它们很快在阳光下消失殆尽了。是 2007 年 1 月的事情，我在昆明。

记忆需要靠画面来检索时间，我所记得的蓝天白云和暖日光，似是与冬天无关，但的的确确又是冬天。那一年对我来说是至为重要的节点，我在一个阴雨沉沉的日子里搭飞机离开故乡，从此没有再回去。

刚到昆明的那些日子，与父亲散步，夜空里有清晰的白云夜游，身旁是亮着灯的安静房子，小区整齐漂亮，偶尔有骄傲的大狗沿小径矫健跑过。美好宁静都是别人的。父亲走着走着忽然叹气：要是一辈子能有一间这样的房子就满足了。我说会有的，手中不由得将父亲挽得更紧一点。他是眷恋故乡的人，因为事业落魄不得不中年离家在外打拼，还要照看病中羸弱的女儿，心中苍茫自不必多说。我能给他的，只是口头鼓励的安慰。

我们在街边转角处买水果，物价贵到不可思议，挑来挑去只得提了一柄最便宜的香蕉和几只苹果回去，仍旧心疼钱。许久后才恍然大悟，原来昆明称重是习惯算公斤的，小贩们说多少钱一斤，意思就是多少钱一公斤，别处没有这样的习惯，乍听当然大惊失色，因为太窘迫了，反倒没有落荒而逃。

因为记忆里这样的一些细节，诸如臭气熏天的河流、路边脏脏的炸土豆和臭豆腐、阳光下灰头土脸的人们操着一口咕哝不清的方言……我对昆明的印象不好。

某天去车站附近的旧货市场买家具，冬日黄昏有人蹲在简易搭起来的棚子外面用一只小炉子点火煮饭，炭味远远大过食物的味道，仿佛失火似的。我久久地走着，想寻找一张合意的旧书桌，天越来越暗，摆开的家具摊子分明还在，人群却在旧物间隐没了。只有稀稀落落煮食的声音，荒芜至极。回首来路，黑压压一片，高高低低的棚屋错落，将天空挤压成逼仄的多边形。

阳光好是真好，早晚的寒意也是真冷。夜里身体疼得厉害，最最安慰的，是无处不在的一树一树的花。几年之后我仍然在昆明的四季里有迷失感，春天总是很热，到了盛夏雨季多数很凉，秋天的植物最为萧瑟，而到冬天，花喜气洋洋地开起来。常常看见一种树，掉光叶子之后才开始开花，就像有些人。我在这里没有什么朋友，于是许许多多的时间，都用来看天空和看植物。

去医院的路上会经过书林街，那是一条在闹市中央极其安静的小路，有茂密的绿树，以及一排明亮的黄墙。无数次写过它，在日记里，在写给友人的信里，每次经过都会忍不住满心欢喜。说不出原因，大概是那种生机勃勃的色彩叫人愉快吧。去年城区美化，那一段老路被重新粉刷，变成一种怪怪的粉。我也很久没有去过当时的那家医院，偶尔路过这条街，远远看着，非常惋惜。

世界总是要变的，人也是要变的。尽管很少照镜子，我知道自己久病后比当年难看了很多。就像不再斤斤计较自己的衰败，我不再计较这个城市的种种不足，就算说起也如同数落自家人那样爱恨交加，毕竟好几年过去了，时光是好物，叫人懂得体谅。

一度离开昆明，又很快回来。病重入院，幽居休养，慢慢写一些东西，做一点工作，认识两三个朋友。不多，但够了。我最认识的路，始终是从住所到医院的路，从各个不同的住所，到各个不同的医院。春城路上路面破碎，车行颠簸；青年路最为堵塞，转无数个红绿灯，仍困顿于车流中；每年深秋经过西坝路，能够看到从西伯利亚飞来过冬的第一批红嘴鸥……借由一本薄薄的病历，我逐渐熟悉这个城市的路径脉络。算起来保持最久联络与最频繁见面的人，居然是我的医生。

2008 年夏天，高烧过后醒来的清晨，看见病房的阳台外蔚蓝如洗的天空，第一次觉得住院也是极好的。这的确不是我年少根植的城市，也决然不是生命的旋涡中心，可能正因它远离旋涡，才提供了难得的平静与疏离，就像累的时候希望住院那样。后来每当我感到繁杂喧嚣难以摆脱，就要回到昆明。它是一个安全所在。再后来，我留在这里。

其实这里的东西不好吃，服务生笨得气死人，这里四处都是灰尘，阳光晒得人头晕想吐。更有定居于此的重庆女友，年年抱怨此处天气变态，不够冷又不够热，哪一样都无法畅快，直说要每年回重庆过最冷和最热的两个月。不知是不是可以说，我们对昆明的爱是表现在对它不厌其烦的埋怨中。不知不觉里，昆明竟已是第二个故乡的存在。出发时经过新机场巨大的落地窗，会习惯地拿手机拍下外面广阔的蓝天，是少年时离家出游的心情：还未走，先留恋。以及，没有真正讨厌它。

前些天经过高架桥，陡然见着一排高楼矗立在桥边，建筑工人正在贴外墙。我问这是哪里冒出来的，母亲好似也没留意，和我一样吃惊。这几年来，先是见着大片大片地拆屋，然后新房子一点点从地里长出，现在是直接有从天而降的错愕。不久以前我还住在这座高架桥下，夜间听着车子在桥上高速驶过，轮胎摩擦地面发出刺耳的声音，还有大风呼啸，这些声响都能让我从梦中惊醒。

对朋友提起自己的生活，是一种又一种声音组成的，清晨楼上的闹钟，楼下士兵跑步而过的脚步声，再远一点有摩托车和汽车声，随着时间推移，建筑工地开始施工，又有电焊和搅拌水泥的声音，垃圾被倒出又铲起运走的声音……朋友说，你的生活很安静。我说是的，可是它分明由一个个声音组成。

过去不知道风大起来像在哭。春天的午后，我坐在阳台上看着一片云被风推着从左边天空飘移到右边天空，地面忽明忽暗，听觉一直被空中飞机穿过气流的轰隆声包围着。昆明的春天有很多这样的午后，如果恰好心情低落，就觉得那风是在大哭，伤心失态，又十分笨拙。

我在昆明的春天，有很多听风的日子。

身在这城中，看着它历经所有城市在发展中必经的破坏和建设，同时也经历着自己生命中意义重大的起伏与缓和，一不小心就有了沧桑感。像喝一杯苦茶，渐渐在不喜中品出了甘甜，我开始懂得享受它让人扶墙的大风，瓢泼而至的急雨，就连灰尘都如同雕刻的手一般抚摸过城市的面孔，留下意味深长的印记。

有时我想，和一座城市的关系，到最后重点并非喜欢或不喜欢，而是一起担当的岁月。不管曾在哪里，想要去往哪里，最重要的是，世事流转，我身在此处。和人的关系也是一样，不管曾经爱谁，难忘记谁，某天醒来发现，我们已经独自度过很长很长的时间。

在一次次离开里，我印证着自己对昆明的感情。有些地方错觉离不开，其实转身即永诀。有些地方不断离开，但频频回归，仿佛缚了一根线的风筝。想来人地因缘，皆不外如此，情感决定不了什么，却是命运一直在决定着我们的情感。

2014 年初稿

2016 年修改

## 和你虚度这些时光

昆明有不那么好的地方。半夜里嗓子因为空气干燥而疼痛甚至肿起，有一边鼻腔永远处于半堵塞状态，好像被关了阀门不能呼吸，若拿纸巾去擤它，永远有血块。太薄的皮肤被紫外线一照就会红肿好几天。还有我所住的房子没有电梯，因此若要出门总需痛下一番决心。

昨晚下雨了。雨最大的时候，我惊醒，大声叫母亲将放在露台的多肉收进来。病后多年，卧室房门习惯开着，方便母亲随时照看我，也方便我太疼的时候呻吟起来有人听见——不那么孤独。秋夜渐凉，客厅的灯光像一只小火炉静静熨烫着这厢的黑暗，听见她似乎是收妥了，我才转过身，脸沉在黑暗里，背对着光亮的一边。

回昆明快一个月了。

往年此时我和母亲总要去看看荷花，我为着她喜欢，她则为着给我寡淡的日子增加几分颜色点缀，就像二月看海鸥，四月看樱花，不外乎是装裱普通日子的由头。前几日也有两次驱车过去，从圆通路下坡见着满湖翠绿，荷花快尽了，稀稀疏疏几朵藏在叶间。绕着翠湖兜了一圈，找不到停车位，只得作罢。又有一天，从医院出来时想去大观楼，因已近午时，日头猛烈，我便说算了。

看不看得到花其实不要紧，这样开车转转，我已经满足。相比郑重其事地拜访某一目的地，我更喜欢在车水马龙的城市里随意兜风。有一次我跟母亲说，早已对所谓风景失去热切的向往。有固然好，但那喜悦漂浮在表层，就像水面的油珠子，沉不到人心里。

很久没有感受到沉甸甸或是尖锐到刺痛人心的快乐。跟母亲说过，看见特别美的东西会像是被伤害到了，会痛。她不明白，只觉得我素来就很怪，她习惯也愿意欣赏这种怪。我每次说背部闪电状疼痛，她也觉得新奇可爱。总之凡与我有关的，在她心里就是好的。

平常说的话不多。有时她说家事，我挂一只耳朵听，随口漫应。有时我看书到酣畅处，或者突然有了不能不抒发的句子，她虽表示不大明白，但仍一边看电视，一边做着三心二意的听众。晚上两人在灯下吃饭，她总要喝上一杯，然后打电话给父亲，说说彼此今天做了些什么。最近她和姨妈有些不快，也是每每喝完酒，想起来又伤心一回。

这些日子我没有好好读书，少有写字，她从来不催促，不过问，好像我一向就是窝在沙发里陪她看电视似的。

“不需要做任何事，好好活着就好了。”我知道她是这么想的。

上周跟朋友聚会，她说：“你们聚得太少了，起码一年聚两三次嘛。”又替我遗憾，说，“以后你常住四川，岂不是没有聚的机会了。”我说：“是啊，是的。”

我的朋友，我未竟的光阴，她一样珍惜。

两点多时雨停了，卫生间灯还亮着，有异常响动。我扬声问：“吐了？”她说：“嗯。”不知怎的躺着难受，想来是这几天牙疼吃了甲硝唑伤胃的原因。不放心地起来看了看她，再回房躺下，拿起手机翻了半天也没找到缓解这种不适的方法，只得一面凝神听着她的动静，一面心不在焉听了两节书，方又睡着。

在昆明的日子安静单调近乎乏味，尤其我不能上班，母亲也辞掉工作。没有旅行计划，没有必须完成的事务，生活只是生活，沿着时间轨道单纯往前滑行，并不受任何重力的影响。然而却并没有像故乡那样带给我恐慌。在故乡，黄昏时候我总像害了大病，压抑的天光像簌簌流沙要埋了人，推开窗户，空气中夜饭的香味兜着满满的绝望灭顶而来，我总是怕得要命，揪紧了心一言不发。怕，怕日子就这样下去了，怕这就是余生。

昆明是温柔平坦的，沉静荡漾的，承担着我，并不试图淹没。另一方面，大概因为我没有那么深的抗拒和挣扎，身体确实较之在故乡轻松很多。在大一点的城市生活，其实常常比小县城更为单纯，因为人际的陌生和物质的丰富，因为错过花，我们还有路。因为够不到的，也就心安理得放弃了。

2016 年 3 月

# 父亲的眼泪

前几天家里来了亲戚，因久远不见，饭桌上不免将各自近些年来的状况大致说说。父亲提及那年我在西贡吐血一事，最后虽有惊无险，但母亲出发去广州机场接我时，只知我生死未卜，两人在安检口抱头痛哭。时隔三年，父亲自嘲道："我心想你妈肯定只有捧骨灰盒回来了。"他边说边笑，眼睛红红的，仿佛笑出了眼泪。

感觉父亲的变老，是从他常常不自觉地流露出恐慌无助开始。有一天他与我聊到，希望我的身体能好起来，然后找个可靠的人托付，他说："不然爸爸老了，走了，你怎么办？"我没心没肺地答："请家政嘛，多存钱才是王道。"父亲摇头说："家政哪能代替一切。"我自然知道家政只能解决最普通的家务琐事，但这样的问题哪里给得出正确答案呢，自己一天做不了健康的主，便一天宽慰不了父亲对老之将至的焦虑。父亲母亲勤劳一生，为人良善正直，却得了个疾病缠身的孩子，我取笑他们投资失败，恐怕血本无归。

父亲老了，除却为我的前途忧心，也有老无所依的自怜。他在工作上遇见棘手的麻烦，周旋许久仍不得法，焦心得接连许多个夜晚失眠。实在熬不住了，打电话给我，一句话没说完便哭了出来，我愣住，那一端父亲呜咽得像个委屈的孩子，令我不知所措，只好说些空洞的话哄他去睡。纵使我深知父亲的骨子里并没有住着坚不可摧的灵魂，可是突如其来的脆弱在袭击他的同时也击中了我，人之所以孤独，是为着对彼此的困境始终无能为力，哪怕骨肉至亲。

去年我去瑞士，与家里隔着七小时时差，十小时飞行距离，父亲忧心得夜不能寐。他惴惴不安地想，我在地球的另一边倘若出了什么危险，无论是他还是母亲，都没有办法立即飞过去，他可怜的瘦骨伶仃的女儿要怎么办才好呢？父亲大约设想了许多恐怖的情节来惊吓自己，直到我安全回国时整颗心才放下。彼时我在北京，他在西藏有应酬，接到我电话报平安之后当即添了酒和饭，说大半月以来他提心吊胆，吃喝都不香。我知道那种忧惧，如同孩提时候我只要一假想到父母要抛弃我，便会为莫须有的事情难过得泣不成声。

为人子女的无情在于伤害了父母总不以为意，而受到一点伤害往往铭记于心。我上小学二年级时，班上组织去春游，每个人要交两元钱的伙食费。我不慎丢了钱，最后幸得老师垫付才不至于饿肚子。回家后告诉父亲，他正坐在暗淡灯光下吃晚饭，脸色是铁青的，听罢此言不分青红皂白认定我说谎，啪地用手中的筷子在我胳膊上抽了一下，当即红肿，还流了血。多年后我仍耿耿于怀，半开玩笑半认真地向父亲提起，试图为自己澄清。谁知父亲是记得的，他也知道是那时心情不好冤枉了我，却不好意思郑重其事表示歉意，只说：“我幺儿造孽。”然后摸摸我的头，意思让我受了委屈。此后偶尔再茶余饭后闲聊时提起这陈年往事，父亲笑着笑着，又红了眼睛。

2015 年 2 月

# 我们爱着，依然孤独

相爱是容易的，相互理解却很难。任何亲密关系都不外乎如此。

整个三月我病着。确切地说，我回四川治病去了。第一个中医预约已久，七十岁老翁，过年时家人带我访过，治疗手法以敷药和理疗为主，气功和按摩为辅。或许成立年份太久，我第一感觉是对这极其简陋到可以用肮脏形容的诊所、夸夸其谈不着重点的医生感到怀疑。春节返滇后曾与家人就“去不去医治”发生争执，母亲声泪俱下，埋怨我不够体贴她的心情，她一哭，我便彻底投降。三月再提及此事，没有一丝犹豫就答应了。爱总是很难拒绝，即便像我和母亲默契至此，仍有深深无奈。

姑且叫这位老先生“一号神医”吧。在一号神医处治疗共计三天，从早上八点到下午六点，分两段，敷药炙烤背部和肚脐。他不靠谱的按摩手法、自相矛盾的医理、唯恐吹不破的牛皮，以及可笑的各种心理暗示，过程不细细描述。我明知这人不靠谱，却趴在病床上默默忍耐，妈妈有事离开，由姨妈陪护，她信心满满不停为我加油，同时游说我去注射该神医建议的丙种球蛋白。我心里嘀咕，血液制品是随便打的吗？更何况神医给我介绍的是一家私人诊所，从小到大，我算是吃够了私人诊所的苦头。身体可以给他乱治乱折腾，往血管里注射却是我的底线，坚决不退让。姨妈微有怨念，觉得我太不配合，她的逻辑是：既然相信一个医生，就要听他的建议。我不相信他。

三天的治疗过程荒谬滑稽，老先生摆足姿势的气功和发功，在我眼里形同闹剧一场。我努力平复怀疑，配合治疗，直到第三天实在趴得受不住，面色大变，唇白如纸，我妈才将我从病床上“救”下来。姨妈有些歉疚，因为这个“神医”是她先听人说来引荐给我的，一路各种鼓励，我反过来安慰她，即时打住就是万幸。当晚回家，身上的皮肤被烤得几乎脱掉一层。

再说第二个医生，坐诊一家名叫“祥云堂”的大药房，问诊费全市最贵，据说治好过癌症病人，看病需从清晨六点多就排队。我们等到中午，排号者仍络绎不绝，诊室坐了满满一屋。有的面色憔悴，一看就是病人；有的苦着脸忍耐又忍耐，则是代人排队的家属。医生坐最中间，吞云吐雾，不断抽烟，不断有人点烟。他不苟言笑，目视前方，目空一切……我第一次去，回来笑称他的派头好像个皇帝，就叫他“皇帝”吧。

皇帝扫我一眼，眉头一皱，说你是个大难题，是被西医医坏了的大难题。此后数次就诊必重复这种话，言下之意极不情愿医治我，更说幸好我遇见了他。中医讲究望闻问切，而皇帝不闻不问，由我自己说病情，他目空一切继续吞吐，手若有似无搭着脉，也不知是听还是没听。

下旨开方，第一条命令：立即断掉西药。

我忍不住又在心里疑问：这位老伯懂不懂科学？长期服用激素的病人，突然断掉会出大问题。犹犹豫豫地说不能一下子停，皇帝不怒自威，说不停就不要在他那里治。如此威武果决，当病人的只有怯生生点头。回到家，姨妈的意思是本来我对激素药物依赖太久，但医生既然敢喊停就一定有把握。我不肯玩命，小小心心地半颗半颗地减，后壮着胆子一周减了一颗。随后开始发烧。

长期吃着西药，身体状况大致在比较差的水平维持着，然而没有什么大乱子，几乎从不感冒。对我而言，发烧有太恐怖的记忆，两个多月天天烧到40℃，无论如何都退不下来的经历更是不堪回首……再次去看病，我对皇帝医生说我发烧咳嗽，他洋洋洒洒开了一服药，吃下，倒是退了烧，却又开始狂拉肚子。西药完全没用。再下次去看病，我说我拉肚子了，并且胃痛作呕，他继续开药，我继续作呕腹泻。

腹泻两周，又发起烧来，人虚弱得不像话，吃不下任何东西，完全走不动路。一天傍晚，姨妈和她的朋友急匆匆赶来，说还有一个医生可以医治。

姨妈心急如焚，她努力照顾我，体贴入微，有许多爱，还有点愧疚。我更深知为什么每次明知渺茫，父母还是尽力让我一试。他们不愿意放弃一点点希望，太想我好起来，而我所能做的，仅仅是配合他们的请求，拿自己的身体做赌注，去一次次验证。

有时我也很懊恼，自问为什么明明感觉不好，还是要一次次去试，难道仅仅是为了不让他们失望吗？可悲的是我甚至不再信任自己的感觉，分不清是真的不适应，还是内心的排斥作祟。病得久了，难以分辨，唯有接受一切，等待结果。

不管中医还是西医，不能相信的一定包括：拍胸脯说能治好的；动辄叫人打血蛋白的；喜欢自吹自擂，诋毁他人眼睛都不眨的。这三种是医盲、骗子，毫无道德。过去我愿意尝试中医，因为相信古人的智慧，现在对这样的想法有了保留，我所见的中医狂妄自大的多，谦虚谨慎的少，云南省中医院的老院长算一个。他很诚实，告诉我中医只能一定程度调理我的身体，根本治不了我的病，大大方方地叫我不必再去。

小时候生病，家里条件不好，不敢贸然进大医院，于是在私人诊所、江湖郎中等处看了不少时间，后来条件稍好，可以进医院，病情却拖延太久，变得非常复杂，即便是全国名列前茅的医院也束手无策。求医问药的路上转了大圈，实无良策的情况下再回来给各种江湖术士医治，肯定有人说我傻，应该相信科学。事实上我不知道应该相信什么，的确不愿意依赖于激素和西药，它破坏了身体的很多机能，如今更面临着瘫痪的危险，整个人看似正常，内在却无时无刻不在经历着崩塌和损毁，可没有一个更靠谱的医治手段能够代替它给我带来的暂时的安稳。为什么如此愚昧，因为那些无法拒绝的爱。因为痛苦，我写下了下面的短诗。

痛啊，无处去了
如果妈妈的怀抱不能保护我
要到哪里才躲得开
猎手的追击

我在地狱里面佯装安详
看守者不止魔鬼
还有我爱的人们
以及爱我的那些

鼓励我去一次次尝试，付出信心、金钱、精力的人是你们，付出身体的是我。有天晚上疼痛难忍，从床上坐起来，想着这些年，伤心地哭了一场。我哭的不只是这些年生病的苦，还有推辞不得必须咬牙接受的爱所带来的苦。

一个月过去，终于得以回到自己的房间，在床上昏昏沉沉地睡觉，周身疼痛非常，人瘦了许多，仍旧咳嗽不止。不记得这样“越治越坏”的经历有多少次，但我想，很可能它会一直循环下去，直到人生终止。常常看到人说，我们从未拥有什么，人生就是一场体验。我也这样想，想当作一场体验。可是很疲惫，需要很长时间休息，怎么休息都不够，放在眼前的是这份绕不过去的痛，没错啊，这就是修行。苦痛没有尽头，接受也没有尽头，须得千方百计不停振作，才能有勇气笑着走到最后。

你们看，我偶尔也不那么正能量。请不要说我消极，不要评价，不要劝解。人们本无资格相互评价，妄说懂得。正如我竭力去理解我的家人，他们的担忧、盼望、爱，他们也在竭力地理解我，我的痛苦忍耐，我的尽量接受。我们用尽最大努力去相互体谅相互承担，然而永远无法做到。这就是因何我们爱着，依然孤独。

2013 年 4 月

# 兽　医

习惯隔不久就和“兽医”联系，汇报汇报自己近来的身体状况，以及问问他有没有忙里偷闲去哪里玩。他平常工作太多，通常要到深夜才回复信息，那天他回我：你这么相信我，我却无以为报。我忽然意识到自己的信任或给对方造成了一定的压力，赶紧告诉他，“没有别的意思，就是唠唠嗑，闲聊。”

“兽医”是我在昆明延安医院住院时认识的医生，从始至终都不是我的主治。但人与人的缘分很奇怪，譬如很久之后我才回想起来，那年我被急救车送进抢救室，昏迷两三天之后醒来，第一眼看见的就是他那个乱蓬蓬的猪头般的脑袋。“兽医”是我妈给起的绰号，因为外形风格相当野兽派，只是单凭这名字，就可想象他的风格有多粗犷。

那年兽医正好转到急诊科值夜班，想来我的死里逃生给他留下了极其深刻的印象，后来我曾多次听他对别的病人说，这个姑娘嘛，坚强得很，吐血都吐了好多次！

真正要写兽医的事儿，很难，因为每次照面都来去匆匆。他忙得很，夏天拖着一双踩扁的洞洞鞋，牛仔裤也不知是脏还是本身就那样，简直看不出颜色，裤脚随意地挽起，一只高一只低，自然卷儿的头发又长又凌乱，加上皮肤黑黢黢，身材胖乎乎，看上去整个一个杀猪的……兽医喜欢摄影，以前他们科室住院部的墙壁上挂了好些幅他的摄影作品，我说好厉害哦，他谦虚地说，我没文化，没文化。他喜欢旅游，只要有机会就带着老婆孩子去露营，时间再长一点就往藏区走，偶尔给我发一段藏文信息，不知道的还真以为他是藏族人呢。后来他把手机给我看，原来是下载了藏文输入法。

据说还没结婚那会儿，兽医一个人跑去苍山里面徒步，结果遇到山体滑坡还是啥的，遇险失踪，出动了好多人才把他找到。我老想逮着兽医让他好生讲讲这一段故事，但这几乎是不可能的事情，他不是在病房，就是在去病房的路上。

从 2008 年 5 月结缘，到现在竟已整整七年。其间我住院的日子不是很多，住院之外麻烦他们的时候却不少。一直在科室主任那里看门诊，现在主任退休了，不负责具体事务，我仍在那里看，如果有需要其他帮助就直接找兽医，他总是二话不说，一一应承。

前年年初，医院刚有了干细胞移植的实验项目，立即询问我要不要参加；去年建议我打一种调节免疫力的针剂，让我们自己去买药水，然后只管去住院部打针。虽然与科室的医生护士早就混得相熟，但总觉得免费占用别人的时间、劳动和器材，心里不安。我这样对兽医和主任说时，他们说，这算啥哦，你为我们做的远远不止这些。

真是汗颜，我的那本书，送了一本给主任，结果他们自己去买了几本，常常给病人看，开导病人，鼓励病人。

那些文字事后看来很惭愧，是粗糙的鸡汤，很少有真正的体恤。因此我甚至想不要再写和生病有关的事情，因为不仅人家厌烦了，自己也厌烦。现在才知道这种想法很天真，这就是我生活、生命的一部分，逐渐已经占据我的大部分人生，想回避怎么可能呢？

兽医说，你要多写呀。我说，十年写一本。再要写关于这些的，怕是还要病个十年吧。

因为跟兽医熟络，说话比较随便，有次我和老妈吐槽了一下某个医生记忆力和态度都不好，老妈说："难怪他还是普通号(门诊)。"兽医不以为然道："我都是普通号呢。"我们当即感到失言，仿佛一并看轻了他似的。

谁又能想到兽医还没有任何职称呢。他总是单独带着一个医疗小组，手术操作的能力也相当强，看得出来在科室里面是非常受尊重的。因此我只能猜测是他不大在乎，太懒于写论文评职称。本来嘛，他看上去就是个不走寻常路的家伙。

好几次骨穿都是兽医给我做的，即便像我这样的老病人，他也每次都叫一个护士在旁边陪同，大概是让身为女生的我能够安心。他一边戴手套准备器械，一边和我闲聊，不停地告诉我，有点痛哦。其实他手势非常好，几乎可以用很温柔来形容，以至于后来我在华西医院做骨穿的时候，被门诊医生那雷厉风行的操作给惊呆了。

每次抽完骨髓或是抽血，兽医说，快吃碗肠旺米线补补。昆明话从他嘴里说出来，分外搞笑。前几天我跟他说我坐轮椅了，他好久好久才回复，说，有时医学真的很无能。又说，对不起，我文化低，不知说什么，你要雄起！

我看着那些字，就想起他的那颗乱糟糟的头，和经常握着我鼓励我的温暖的手。心里不是不感动。这些年来遇见了多少好医生，为难了多少好医生，慢慢地已经可以拉出一张很长的名单。他们都没能治好我的病，可我在特别萎靡的时候，想起去医院看门诊，例行检查，若有精神就去住院部，倚在办公室门边笑眯眯地看着兽医忙碌，心里顿时平静，就像走访了一个要好的朋友。

2015 年 10 月

# 沙漠行舟

我们在酒店房间开始了新的一年。

房间临公路，很吵，又因我畏光和不定时需要睡眠，窗帘总是拉合的。母亲抽烟时将它分开一个三四十厘米的口子，玻璃推开，当然烟雾大部分并出不去，车水马龙的声音倒是伺机钻进来。我睁开眼睛，玻璃结着雾，就不那么像玻璃了，母亲的背影和窗帘连在一起，一片黑色轮廓起伏。

几乎都是晴天，有时我以为下雨，却没有，不过是些难以描摹的噪声，使人感觉像在船舱，船在水里，没有靠岸，又像沙粒窸窸窣窣的。房间的小也似船舱，若两人同时活动，各自未免局促倾斜，父亲在的那几日，我便保持不动，他抽烟是去走廊。两张床，父母挤一张，夜里发出艰难的浑浊的呼吸，我醒着在这边床上，像陷在泥沙里，不好睡，挣扎而无望。

父亲半夜总要起床去一次厕所，我也是，他在的时候，我凝神听着，怕与他不约而同。那几日我喝水少，趁他们去医院时洗澡，下意识压缩自己，因与人先后用洗手间总会带来羞耻感，饶是父女，到底年长了，有分别心。

父亲走后的清晨，我痛快地上了一次厕所，靠在床头看了会儿电视，还说了会儿闲话。母亲说："你爸一走，你倒精神起来。"我吐吐舌头躺回去："好吧，我来做一名安静的美女子。"

在蓉城第十三天。除去前面三四日门诊打仗一样奔忙，其余日子都是等。电视频道很少，效果也差，不知一天到晚演些什么。房间里有一张可供写字的小桌子，凳子矮了，欺手，还时常放满我的吃食、饭盒、杂物等，我两次便歪在床边写，不过胡乱打发。

前几日强打精神去觅食，母亲一向喜爱蓉城大街小巷的各种小吃，有一年尚客居于此，母亲来看我，提出要吃肥肠粉，我带她随便去了一家，很难吃，因此成了我的心病。此后我们次次抵蓉，心心念念必陪她吃一碗过得去的粉，就像为当年的敷衍做出弥补。这些方面，我是个心事很重的人，非如此不能心安。

那日在医院门口，忙碌大半天，他们陪我不吃不喝，晕头转向。好容易办好入院预约，拖着疲惫的步子想找点吃的。正门外便是一些卖粥和小面的摊贩，母亲犹豫着，不太合意。我站两分钟也痛得焦灼难安，急躁地催她："要吃就吃，不吃我们就走，我站不住了。"母亲一下子拉下脸："你对爸爸妈妈这是什么口气？妈妈平常重话都舍不得说你一句。"

母亲极少极少这样斥我，我亦知是自己太不体谅，他们只会比我更辛苦。万般歉疚涌上来，好言道："妈妈，对不起，我语气不好。我有点痛，所以不耐心了，意思是如果不想吃这个我们去前面看看。"母亲失去吃的兴致，说你在这里等，我去开车。她面色麻木地往前走，父亲搀扶着我，要帮我在台阶上找个坐处，我内疚想惩罚自己，便不坐。路边烤红薯很香，我说妈妈爱吃，让爸爸去买了两只。想着讨母亲的好，在手里小心捂着。良久母亲才开车来，我不好意思坐她副驾，一个人爬进后座，将红薯给她，她并不吃。

母亲与父亲买了两个锅盔吃便算午饭。那日又发生了其他不愉快的事，使我感到自身万般难以迁就令人厌弃，整天心绪都很坏。如鲠在喉，那鲠两三日才消散。

上一次出远门就医是2010年去北京，第二年我中途发病又让母亲迢迢赶去广州。从一个医院到另一个医院，规则和困难只会越来越多，而我身体大不如前。母亲亦老了，我深深地感觉得到她的茫然与恐惧，以及强作镇定来承担我。或许这也是我近两年来疲于斗争的原因，宁可抱残守缺也要平静，像个没落的任随自己衰弱下去的国度，直到那平静再无法坚持了，才勉强开门迎敌。我终究害怕的是这些必将到来的细小折磨，令彼此失望和难过的片刻，命运的泥沼让人不能自控地恶形恶状，如果能始终温柔相待多好。

希望他们不要老得那么快，亦希望自己有一点力量，承担他们渐渐显露的无力和苍老。我负责导航，带他们去吃甜水面，吃冷锅鱼，吃火锅，食物和酒能驱散寒冷。限号时，母亲站在门外的冷风里招车，我像一摊烂泥窝在酒店前厅沙发里安心坐等。与父亲尚有顾虑和分别，与母亲，则是对我而言唯一不需要耗费意志和力气去维持的感情。

后面几天，人虚弱下来，持续耳鸣，听不清，头晕，头疼，食欲渐渐不好了。只能浑浑噩噩躺在床上，不说话，叫外卖，正经吃下去的就中午那一餐。父亲走后，我和母亲继续等医院消息，我们时而紧张担忧，时而自我宽慰，潦草地吃着，像两匹疲惫至极的骆驼，在烈日的沙漠里默默走着，咬牙坚持。

另一方面，外婆在这时进了医院，父亲工作上有很大难处。老朋友电话约母亲，想来探望我。人到中年，人情俗务，家长里短，没有哪样不是负担。母亲尽量少接电话，尽量少说话，就像我尽量推迟着约期，不是消极，而是必须如此紧缩自己，将耗能减到最低，否则不能抵抗。

睡到半夜就醒了，天旋地转中扶着床坐起来，在桌边烧水喝，吃了点蛋糕，随即吐出一片牙齿的残片。拿在手中看看，放在烟灰缸里。过去我想，是磨难让我坚强，教我有了生命的觉醒，现在到另一阶段，磨难太多了，人会扛不住。我越来越怕痛，越来越脆弱，并且开始既羞愧又抗拒地盼望有一辆轮椅。不是买不起，而是不愿妥协。再往后，是什么，总会慢慢知晓，毕竟，磨难还没有停止，命运会引领我前去。

我们在船里，闭了天光，摇摇晃晃，等着等着又一天。其实我不担心，黑暗里走久了，一点星火亦能使人欢喜。

天又亮了，总会有希望吧？

2015 年 1 月

# 在临街的病房

因为写得不好，我羞于宣扬自己是个写字的人，每当人家问起职业，我总说无业，或是做过编辑。母亲却不同，她乐于告诉别人我是“作家”，一来她以我为骄傲，二来盼着医生会因此刮目相看，分外重视我的病情。我会脸红，可不再急着解释，这是母亲的心。

在医院，我们的房间一样临街。每天夜里十点，病人们早已熄灯睡下，洒水车经过，《致爱丽丝》响彻，是玩具车才会发出的声音。太多的灯光照射太久，夜空不知何时变了一种说不清道不明的颜色，如同彻夜不睡的人，有张清醒却恍惚的脸。

白天很暗，而夜明亮，好容易这一天没有东奔西走地排队检查。母亲在属于家属的那张硬凳子上枯坐一天，夜里吃了感冒药睡下，不多时突地又醒来，惊惶坐起，问我：“这是哪里？”

“我们在医院呢，妈。”我说。

睡眠还是不好。

医院是一个独立王国。悬于空中，陷进地壳，浮于汪洋。我被医生勒令躺在床上不能动之后，很快（不得不）接受了只能在房间大小便的事实，并立即自嘲起来（非如此怎么过）。我对母亲说："看来牢房生活也能很快习惯。人嘛，凡事有了开头就好了。脸皮这东西是无所谓有无所谓无的。"

这幢独立在围墙外的住院楼，想必是病人太多之后医院额外买的旧房，没有独立的盥洗室，没有电视，设备简陋。房间在走廊尽头，床位靠窗，窗外灰蒙蒙的天空下，有一排灰扑扑的树。进来那天有微风，四壁苍白的屋子，蓝色被套的床，我坐下，风有些凉，心情惶惶然，跟着想起萧红住过的病房。抽血时我也尽力想这些，使精神分散了一点点。

的确是受不住痛了，量血压的力道都需极力忍耐。尽管打针时仍有视死如归的气魄，只道是强撑。从急诊抢救室逃走一天，睡了个不翻身的觉，好沉，梦到在海边度假，日光刺目得紧，我饿极了，正要泡一碗方便面。原先感到狭小窒闷的酒店房间，在两日急诊的经历之后，像天堂一样美好起来。我赖在被子里，住院部的电话来了，母亲一声欢呼："终于等到了！"我自然也松口气，可高兴之外，对周围一切都恋恋不舍起来，魔术般即刻放大、放缓，有了暂别自由的惆怅意味。

"这里没有掉光叶子的树，这里不是冬天。"我说，"我想念掉光叶子的树。"

“我惧怕那种很骄傲的人，还有高调的人，厉害的人，世故的人……站在十米外就会觉得刺痛。”我说。

“如果下半辈子身体能好一点，我要……更我行我素。我要……更孤独。”

“不嘛，你可以和我共享我说的那种孤独。譬如落雪的夜空，在山顶泡温泉，或许有点点寒星。”

“你老得慢一点好不好？”我说。

静静躺着，很多胡言乱语。和母亲说话一向是不假思索的，不管她在没在听，说出来仿佛可以缓释疼痛。老久，她从《知音》里抬起头，说：“你鸡同鸭讲。”

也真的又一次缓了过来，并不觉得自己会真的“病危”。在下一波浪潮汹汹赶来之前，我没有什么故事心得辉煌历史要和新认识的病友、医生、护士说。我所知道的，都是旧的。在昆明，兽医说，他将我的书很爱惜地借给每一个病人和实习医生看。他说我应该再写。我说病十年写一本，或许再病十年才能有。也许不会有。这个，不是美好的事情。

但我竟然又习惯了，这种自嘲夹杂着羞耻，像一头扎进水里屏住呼吸似的，很久很久才能在攒动的人头里钻出来透一口气。我也习惯了母亲的日渐衰弱带给我的伤感。她其实还很年轻，只是当我们爱的时候，心中就充满怜悯。

沿街黄叶似秋。护工健步如飞，推着我在一车与另一车之间穿行，马路凹凸不平，母亲拎着装有我琐碎东西的大包，紧随其后。

我不时侧头，总不见她，心里明白，她会跟上来，会找到我，会陪我度过每一个难堪难受难等的检查，会宽宥我的每一点脆弱和无能为力。这也便是我陪她的另一种方式。

2015 年 2 月

有时我想，和一座城市的关系，到最后重点并非喜欢或不喜欢，而是一起担当的岁月。

他们闲聊着天气和昨天的牌局，
他一次次收割着他们脑顶的头发，
从黑到白，剪一茬，
就是一个月过去了。

每日晨昏学生急促的脚步声从外婆房间一壁上圆下方的窗口漏进来，一同进来的还有光柱中飞舞旋转的尘埃。

兽医喜欢摄影

医院是一个独立王国。悬于空中，陷进地壳，浮于汪洋。

偶尔再茶余饭后闲聊时
提起这陈年往事，
父亲笑着笑着，
又红了眼睛。

不需要做任何事，
好好活着就好了。

雾中行

**图书在版编目（CIP）数据**

去爱吧，像从未受过伤一样 / 沈熹微著 . —北京：
北京联合出版公司，2018.3
ISBN 978-7-5596-1479-7

Ⅰ . ①去… Ⅱ . ①沈… Ⅲ . ①随笔—作品集—中国—
当代 Ⅳ . ① I267.1

中国版本图书馆 CIP 数据核字（2018）第 005327 号

**去爱吧，像从未受过伤一样**

作　　者：沈熹微
策划出品：青橙文化
监　　制：王二若雅
责任编辑：龚　将　夏应鹏
特约编辑：王利飒
内文插画：兰跃峰lanski
封面设计：好氏工作室

北京联合出版公司出版
（北京市西城区德外大街83号楼9层　100088）
三河市冀华印务有限公司印刷　　新华书店经销
字数170千字　880毫米 × 1230毫米　1/32　8.5印张
2018年4月第1版　2018年4月第1次印刷
ISBN 978-7-5596-1479-7
定价：39.80元